Espionnage intime

Susie Morgenstern

Espionnage intime

l'école des loisirs
11, rue de Sèvres, Paris 6e

Du même auteur à *l'école des loisirs*

Collection MÉDIUM

Terminale ! Tout le monde descend
La première fois que j'ai eu seize ans
L'Amerloque
Barbamour
Trois jours sans
L'orpheline dans un arbre
Tout amour est extraterrestre
Comment tomber amoureux… sans tomber
iM@mie

Loi n° 49.956 du 16 juillet 1949 sur les publications
destinées à la jeunesse : octobre 2016
Dépôt légal : octobre 2016
Imprimé en France par Pollina - L78447
à Luçon

ISBN 978-2-211-23017-9

Pour Aliyah et Mayah, mères à leur tour.

1
Fumée

Angélique se lève toujours avec le même entrain. Son père, un homme d'une grande gentillesse, assez coincé et conventionnel, met la table du petit déjeuner et dessine un visage avec des fruits sur chaque assiette. C'est son acte de bravoure quotidien. Elle a hâte tous les jours de voir l'expression qu'il a donnée au sien. Pour sa mère, c'est chaque fois la même figure : une bouche qui croque une cigarette.

S'il n'y a qu'un nuage dans cette famille, c'est un nuage de fumée : celui d'une mère idéale mais hélas tabagique.

Le grand frère d'Angélique, Charles, sérieusement absorbé par son année de bac, se met à table en débitant inlassablement le même discours récité comme une prière :

– … La responsabilité du tabac est reconnue dans

un grand pourcentage de décès d'origine pulmonaire, cardiaque ou vasculaire.

– Arrête tout de suite, Charles, dit sa mère. Je connais la chanson.

– J'arrêterai quand tu arrêteras. Le tabac diminue l'espérance et la qualité de vie.

– Je ne suis pas d'humeur, lâche-moi. Chaque paquet porte l'inscription « Fumer tue » et ça n'a jamais empêché personne. Il faudra que le déclic vienne de moi.

– Sans parler des rides ! chuchote Angélique.

– Sans parler aussi des risques pour toute la famille.

– Écoutez tous : je ne vous gêne pas. Je ne fume pas devant vous.

Si le père, soi-disant chef de famille, se tait sur ce sujet sensible, ses enfants ne se gênent pas. Les enfants, en l'occurrence, c'est surtout Pablo, le petit frère, que ses parents ont conçu dix ans après la naissance d'Angélique, enfant tardif et surdoué qui a sauté la grande section de maternelle et s'ennuie en CP car il sait lire depuis longtemps.

Il s'appelle Pablo parce que les parents ont fait un voyage à Madrid, où ils ont vu le tableau de leur vie, *Guernica*, de Picasso. Angélique a été surprise et consternée par ce petit rouquin dès qu'il a surgi dans sa jeune vie, et Charles aussi. Elle s'était plus ou moins réconciliée avec l'idée de l'existence de Charles, et lui peinait encore à accepter la petite sœur, mais cette peste de Pablo était simplement de trop. Ils se battaient pour éviter de s'occuper de lui, de le conduire à l'école, et fourguer à l'autre les nouvelles corvées associées à ce frère imprévu. Mais Pablo ne se rendait pas compte qu'il n'appartenait pas à leur « génération ». Et puis forcément, le temps faisant son travail, l'accoutumance s'installant, Pablo s'était forgé une place dans leur vie.

– Demain, j'arrête, déclare solennellement leur mère.

Résolution qu'elle prend à peu près tous les jours.

Le petit déjeuner est toujours expédié, néanmoins Angélique aime ce moment chaleureux qui ouvre sa journée de lycéenne bien dans sa peau (presque), bien dans sa famille, bien dans son lycée, dans sa maison, dans sa ville, dans son pays – bien dans son petit monde.

Son monde.

Le monde, c'est une autre histoire.

Angélique est au courant du fait qu'elle est censée faire une crise d'adolescence. Mais elle ne la voit pas venir.

Sa vie n'est qu'une fête qui se réactive à chaque lever du soleil ; et du soleil, il y en a à profusion dans sa ville de Nice. Même quand une minuscule déprime la frappe, suite à une remarque d'une copine ou d'un prof, à une note au-dessous de 18 ou à une dispute avec son grand frère, ou encore à une vexation liée à Pablo, elle ne perd jamais de vue le bonheur qu'il y a à respirer, écouter et entendre, sentir et ressentir, renifler la vie à deux narines.

Cela dit, Angélique n'en reste pas au stade de l'imbécile heureuse. Elle suit l'actualité et lit le journal que son père achète tous les jours. Son bonheur souffre des diverses tragédies qu'endure la planète Terre, si malade et si malmenée. Mais bon, on ne peut pas renier la chance qu'on a d'être née dans un pays démocratique, dans une famille harmonieuse, d'être une privilégiée, et la mauvaise conscience ne résout rien.

D'ailleurs, même chez les privilégiés, il y a des problèmes.

Dans son cercle immédiat, son petit frère est allergique aux acariens, sa tante, sœur jumelle de sa mère, n'a jamais trouvé de mari, sa grand-mère, qui travaille encore, souffre de rhumatismes croissants, et elle-même, Angélique, est brouillée avec sa meilleure amie.

Et puis sa mère, comme il a été dit ci-dessus, fume.

C'est ce qui tracasse le plus Angélique. D'une

intervention qu'avait faite un médecin au lycée elle a retenu que fumer coûte au fumeur quinze ans de vie. Et elle ne peut même pas envisager la mort précoce de sa mère sans avoir à lutter contre une montée de larmes.

Sa mère a honte de fumer. Elle se cache à la cave, s'isole dans le jardin, s'enferme dans le grenier. Elle est consciente de son suicide plus ou moins immédiat. Elle sait que sa fumée empeste et la fait tousser. Elle se déteste mais semble incapable d'arrêter. C'est-à-dire qu'elle s'arrête tous les jours. Elle crie victoire chaque soir. Elle a cru remporter la victoire des centaines de fois, et la rechute répétée a creusé une ride méchante à son front. Elle réussit assez bien à camoufler son échec, mais l'odeur, la fumée, la voix rauque, la mauvaise haleine la trahissent. Tout ça ne l'empêche pas de faire tout son possible, en tant que mère.

Une mère qui applique la règle numéro un des mères : aimer ses enfants. Elle se comporte avec eux comme avec ses élèves de l'école Saint-Barthélemy, où elle est institutrice : paisiblement, sans élever la voix, affectueusement, avec beaucoup de tendresse.

Sa seule bête noire, la seule faute qui l'énerve au point de lui faire perdre son calme, c'est la faute d'orthographe.

– Je ne comprends pas pourquoi on en fait de plus en plus, pourquoi il y a trente ans on savait écrire sans fautes, pourquoi maintenant on n'arrive plus à faire entrer la bonne orthographe dans la tête des élèves.

Elle parle de ses élèves, mais toute la famille sait bien qu'en fait elle vise avant tout l'orthographe accablante de sa grande fille, Angélique.

Maligne, elle lui offre pour son anniversaire un magnifique cahier relié, d'une superbe couleur rose fuchsia.

– Qu'est-ce que tu veux que je fasse de ça ?

– Que tu écrives dedans, voilà tout.

– Mais que j'écrive quoi ?

– Tu tiens ton journal intime.

– Tu veux dire, je raconte mes secrets et tous mes trucs ?

– En quelque sorte.

– Et toi, tu vas me corriger ? !

– Pas du tout. Tu as tes secrets, tu te les gardes, mais au moins tu les mets noir sur blanc avec si possible la bonne orthographe.

– Je n'ai pas le moindre secret, maman.

– Alors tu te donnes le plaisir de l'expliquer.

Comme presque toutes les idées de ses parents, Angélique trouve celle-là intéressante. Elle aime écrire, elle écrit parfois des poèmes et des nouvelles, quand elle a un peu de temps. Mais ce qu'elle aime avant tout, c'est écrire sans penser aux règles de grammaire.

Toujours est-il qu'elle attaque la première page de ce journal comme l'enfant sage et obéissante qu'elle a toujours été.

Avant de se coucher, elle s'installe à son bureau. Elle a le trac. Qu'est-ce qu'elle va bien pouvoir raconter à ces pages blanches reliées de rose ? Le cahier est tout neuf, tout propre, elle a peur de le salir. Elle aimerait laisser sa prose s'envoler, mais pour ça il faudrait avoir quelque chose à dire. Et sa vie héroïque n'offre a priori rien qui puisse mettre en joie un journal intime !

Pourtant, il faut bien commencer.

Cher cahier rose, moi, Angélique Sylvia Blanc, je respire et j'aspire depuis quinze ans. Je pratique ces deux activités dans une maison confortable où je vis avec deux parents, deux frères, deux voitures, deux chauffeurs pour me conduire aux endroits où les transports publics (et ce n'est pas le point fort de Nice, à moins de vivre sur l'unique ligne du tram) ne vont pas. Dès que mon frère Charles obtiendra son permis, j'aurai trois chauffeurs.

Parlons de mes chauffeurs (et là, il faut que je raconte ce que le pédiatre m'a dit quand j'apprenais à marcher : il m'a montré la direction de mes parents : « Vas-y ! Va voir tes esclaves », et j'ai titubé jusqu'à leurs bras ouverts. C'est mon père qui m'a raconté cette histoire). Mes « esclaves » sont des adultes intelligents et sensibles qui font de leur mieux pour élever des enfants impeccables sans rivalité entre eux. Autrefois, papa jouait plus avec nous, il nous aidait dans des matières terrifiantes comme les maths et la physique, il faisait des balades avec nous dans la campagne, au bord de la mer, ou nous emmenait au cinéma, mais j'ai l'impression qu'il nous a un peu délaissés, surtout moi, depuis que des seins ont poussé sur mon corps d'ancienne petite fille (je t'épargne la description physique de ma personne). Globalement, il y a une ambiance d'entente affectueuse à la maison.

Ce tableau d'un paradis familial ne va pas sans la conscience du sida, du terrorisme, du réchauffement de la planète, des pesticides cancérogènes, de l'abattage cruel des animaux, du plomb toxique des émissions de voitures, de l'eau polluée, des micro-ondes nocives des téléphones portables, de la désinformation, de l'avarice des entreprises, de l'insécurité. Je pourrais continuer la liste des menaces ambiantes. Mon petit monde parfait à moi n'est rien d'autre qu'une bulle dans un monde imparfait. Et nous savons que les bulles éclatent.

Angélique pense que cela suffit pour une première séance.

Elle a couvert deux pages de son cahier vierge. En deux pages, elle a écrit assez pour remplir une vie de cauchemars. Sa grand-mère lui dit souvent : « Il vaut mieux ne pas trop réfléchir. » À quoi bon réfléchir, après tout ? Affaire à suivre.

2
Mia, cartes postales, cahier rose

La carte postale est rouge vif. Sur une moitié du verso l'adresse d'Angélique avec une fleur menaçante sur un timbre mexicain. Sur l'autre moitié est gribouillé : « Fais gaffe ! Bisous de ta vieille Tía Mia. » Elle traduit toujours « tante » en version originale du pays d'expédition, pour ajouter une touche d'exotisme. Tía Mia est une seconde mère pour Angélique, au cas où une seule ne suffirait pas. Elle prend son rôle d'autant plus au sérieux qu'elle n'a pas d'enfants à elle. Elle s'assure que tous les conseils qu'elle donne soient le parfait contraire des idées de sa sœur et mère biologique d'Angélique, Marie.

Marie et Mia, jumelles pour la vie, vraies jumelles avec des cerveaux opposés.

Le recto de la carte postale n'est pas une photo, juste un message criard en anglais : *« Be bad while you're young, afterward you have your whole life to regret it* », ce qui donne en mauvais français quelque chose comme : « Fais la folle pendant que tu es jeune, tu auras tout le reste de ta vie pour le regretter. »

Cette « sagesse » est surprenante pour Angélique, à qui ne viendrait jamais spontanément à l'esprit d'être folle, mauvaise, ou pas sage. Rien que son nom, Angélique Sylvia Blanc, est déjà tout un programme.

Sa mère a reçu le pieux prénom de Marie, et sa tante l'excentrique appellation de Mia. Tout le monde porte bien son nom, et Angélique aussi, dans la famille.

Marie s'est mariée très jeune avec un homme intègre et studieux qui lui allait comme un gant. Bernard Blanc – l'individu qu'Angélique appelle papa – est ingénieur du génie civil, d'ailleurs civil en tout. Il ne dépasse jamais la limite de vitesse, n'élève pas la voix, redonne vie à des appareils domestiques hors d'usage, lit le journal sans aboyer à chaque page, encourage sa femme dans ses efforts culinaires catastrophiques (loin de lui, pur produit de sa génération, l'idée de tenter de prendre en main cette cuisine) et félicite obstinément ses trois enfants pour leurs parfaits carnets scolaires. Tía Mia parle d'une famille de série télévisée américaine des années 1950 : carrée, cucul, crétine et… en marche vers le désastre.

Marie Blanc aurait pu avoir plus d'enfants aux carnets scolaires parfaits, mais, si elle est une mère des années 1950, elle a des aspirations de femme des années 2000. C'est-à-dire un métier. C'est une institutrice de rêve. Elle était même l'institutrice d'Angélique en CP, et elle n'a jamais démissionné en tant que prof d'Angélique. Les seules fois où sa fille la déçoit, c'est quand elle fait une faute d'orthographe, de grammaire ou qu'elle oublie un subjonctif.

Tía Mia frime avec une supériorité unique sur sa sœur : elle ne fume pas. Mais elle sait boire. N'importe quoi d'alcoolisé de « a » à « w » (d'aquavit à whisky) en passant par la bière, le pastis, le vin, bien sûr, et la vodka. On verse, elle fait glouglou.

Chaque sœur estime que le vice de l'autre est le pire crime contre l'humanité. À la minute où Tía Mia arrive chez Marie, elle se met à faire des mimiques d'asphyxie dignes d'une star du muet. Elle est dermatologue et travaille pour une société de cosmétiques, voyage à travers le monde pour défendre ses produits et gagne des sommes confortables qu'elle dépense pour ses plaisirs. Elle pointe le doigt sur le visage de sa sœur en annonçant : « Rides prématurées, indice flagrant des ravages que cause ton maudit tabac. Pour le reste, regarde tes cheveux ! »

Les cheveux de Tía Mia sont de l'or pur grâce aux produits miracles de sa boîte. Elle joue les Pères Noël cosmétiques de la famille avec en permanence un déluge de crèmes, aérosols, baumes pour un tas de maladies – depuis l'acné jusqu'au psoriasis – que personne n'a. Et désormais elle appliquera de sa main des crèmes antirides dans les crevasses de sa sœur, une façon de tartiner son complexe naissant.

Ce n'est pas que Tía Mia n'aime pas sa sœur – peut-être faut-il aimer pour martyriser ainsi. Elles sont quasiment inséparables depuis la naissance. Elles sont belles toutes les deux, avec les mêmes jolis visages et corps parfaitement proportionnés. Toutes deux se désolent de leur poitrine plate. Elles regardent Angélique comme la merveille des merveilles, avec ses gros seins de 15 ans qui lui valent la honte de ressembler à une star des pubs pour les soutiens-gorge. Angélique a développé des tactiques de camouflage, dos arrondi, grosses chemises et pulls immenses, avec bras croisés systématiques. Dans son arsenal dermatologique, Tía Mia n'a pas de crème pour réduire les seins.

Malgré leur ressemblance, les jumelles ont pris des chemins divergents. Marie, celui de l'épouse et mère idéales, et Mia, celui d'une réincarnation féminine de don Juan faisant un maximum de victimes mâles partout dans le monde et affichant son tableau de chasse jusque dans la salle à manger de sa sœur. Quand elle est à l'étranger ou à Paris, Mia téléphone à Marie vingt fois par jour pour lui donner des nouvelles fraîches de sa vie amoureuse.

Cher cahier rose, l'amour ! Mot complètement malmené et dévalué par excès d'utilisation. Personnellement, je n'ai aucune idée de sa signification. N'empêche que j'ai une perception innée de ce que c'est. Comme la haine, il demeure dans un lieu du cerveau et du corps à l'abri du vocabulaire. C'est un océan de vagues et de marées. C'est pour ça que, quand la prof de français nous a demandé d'écrire une liste de cinq choses qu'on aime et de cinq choses qu'on déteste, mes listes l'ont surprise. La plupart des élèves ont mentionné leurs parents, leur chien, leur grand-mère, leur lit, leur rue, puis le racisme, la guerre, la famine, la maladie et les épinards. Quelle originalité ! Moi, j'ai écrit :

J'aime
1) ma famille parce que je me suis habituée
2) mon pays parce qu'il est mon pays
3) ma prof de français quand elle a toute sa tête
4) moi-même aux rares moments où je me plais
5) la vie – presque toujours l'été, avec du chocolat

Je hais
1) ma famille quand elle m'énerve
2) mon pays quand il déraille

3) ma prof de français quand elle est trop ambitieuse
4) moi-même – la plupart du temps
5) la vie – quand elle est trop dure à vivre

Mais j'aurais dû dire la vérité et écrire :

J'aime
1) Arthur
2) Arthur
3) Arthur
4) Arthur
5) Arthur

Je hais
1) les betteraves
2) les gros seins
3) les traîtresses = Brenda
4) les frimeuses = Brenda
5) les râleuses = Brenda

OK, cher cahier rose, tu connais maintenant la vérité vraie et la presque vérité. Tu connais l'amour et la haine, tu connais Arthur et tu es au courant pour Brenda. Que des oignons poussent dans son ventre de traîtresse.

Elle aurait pu continuer, en dire plus long sur Arthur, décrire Brenda, mais elle entend le claquement de la porte d'entrée. Rien après, pas de pas. Pas de «Y a quelqu'un ? », pas de télé à fond capable de réveiller les morts. Rien qu'un silence angoissant.

Elle descend l'escalier sur la pointe des pieds, à la rencontre du premier voleur à avoir trouvé le chemin de leur maison immunisée, ou peut-être d'un tueur en série.

Ce qu'elle trouve dans le salon est encore plus effrayant.

3
Parents et grand frère

Sur le canapé et le fauteuil sont affalés maman ours, papa ours et grand frère ours, naufragés se noyant dans les coussins de plumes, la tête dans les mains, enveloppés tous trois d'un voile de morosité épais comme un brouillard.

Angélique réussit à croasser :

– Qui est mort ?

Pas de réponse. Elle pense : « Oh ! mon Dieu, s'il Te plaît, pas mamie ! »

Elle fait une deuxième tentative :

– Qu'est-ce qui se passe ?

Pas plus de réponse.

– Charles ! crie-t-elle comme elle crierait : « Au secours ! »

Il la regarde, la misère absolue crispant sa bouche, les yeux à peine ouverts, ses cheveux bruns dans tous les sens, ses lacets défaits.

Angélique n'ose même pas imaginer de catastrophe assez affreuse pour les affliger tant. Son cœur bat au rythme du Grand Prix de Monaco. C'est sûr, quelque chose est arrivé à son petit frère Pablo. Pablo, c'est de notoriété publique, est lui-même un « accident », un « ravisé », un enfant sur le tard. Il a 5 ans et tranche sur l'homogénéité brune (à part sa mère, blonde) de la famille, avec ses cheveux roux et son visage de chérubin. Il est déjà un grand philosophe, et tout le monde à la maison s'en remet à ses avis et opinions de jeune sage pour alléger le poids de la vie domestique.

Angélique a fait en elle-même un de ces choix débiles dont elle est coutumière : « Plutôt mamie que Pablo. » C'est plus dans l'ordre des choses.

Il semble à Angélique que les prophéties de Tía Mia au sujet d'un bonheur familial voué à partir en miettes se réalisent. Leur silence est un bloc de glace. Son « Est-ce que quelqu'un va enfin me dire ce qui se passe ? » n'est pas assez percutant pour le briser. Elle pense aux derniers mots de Pablo la nuit précédente, avant de se coucher : « Tu vois, Angie, la vie est tellement bonne ! C'est pour ça que je ne veux pas mourir… Quand je serai mort, il n'y aura plus rien de tout ça… »

La panique est un ballon qui se gonfle en prenant

peu à peu toute la place dans votre tête. Angélique s'adresse au plus raisonnable du trio :

– Papa, qu'est-ce qui est arrivé ?

Il lève la tête d'un air écrabouillé et répond :

– Charles va te le dire.

– OK, Charles, crache-le ! crie Angélique, sinon, je m'immole sous vos yeux.

Charles ne produit qu'un murmure :

– J'ai raté mon permis.

Ce doit être la première fois qu'Angélique conçoit qu'elle peut perdre confiance en ses proches.

– Vous vous foutez de moi ?

– Je l'ai loupé d'un poil. D'un tout petit point seulement.

– Et c'est la pire catastrophe de l'histoire du genre humain ! Nous sommes entourés de déchets radioactifs, nous n'avons peut-être plus que trois jours à vivre, nous comptons les victimes des catastrophes aériennes, des inondations, des tremblements de terre, des raz-de-marée, des explosions nucléaires, des incendies, du chômage, de la famine, la Troisième Guerre mondiale se profile, mais tout ça n'est rien, tu as raté ton permis… Qu'allons-nous faire ?

– Le repasser. Mais je ne peux pas avant trois mois.

– Rendez-vous compte ! Les nouveaux Hitler

pullulent, le sida se répand, la folie gagne, mais le malheureux petit Charles Blanc ne va pas pouvoir prendre le volant avant trois mois !

Angélique poursuit sur ce ton, plus à l'intention de ses parents qu'à celle de ce pauvre Charles qui, après tout, a des excuses. Il n'a jamais subi d'échec de sa vie. C'est donc un gros choc pour lui.

– Tom l'a eu, gémit-il.

Tom est le pire cancre du lycée.

– Papa, maman, dit Angélique, faites quelque chose. Reprenez-vous. Ce n'est qu'un permis, après tout !

– Nous sommes déçus pour Charles, explique Marie.

Encore heureux qu'elle n'ait pas dit : « Déçus par Charles. »

– Déception bidon ! Dans dix ans, quand il fera des excès de vitesse dans sa Ferrari rouge, le pauvre chou ne s'en souviendra pas. En attendant, c'est quand même lamentable que les enfants soient obligés de jouer aux parents avec leurs parents.

– C'est que… Charles prévoyait un petit voyage…, plaide le père du pauvre chou.

– Il aura bien le temps de voyager plus tard.

Angélique se demande d'où lui vient cette sagesse. Peut-être de sa grand-mère Albertine.

– Bon, je compte jusqu'à trois. À quatre, je veux voir tout le monde prêt à revivre.

C'est ce moment que Pablo choisit pour faire son entrée. Il jette un coup d'œil à la ronde et demande :

– Y a un mort ?

Rigolade générale. Il enchaîne :

– Moi aussi je suis déçu. Je voulais que tu m'emmènes jusqu'à Disneyland.

Alors Charles lui-même ôte son masque de souffrance, et la vie – relancée par le rire – reprend son cours habituel.

Cher cahier rose, quelle déception ! Se faire des idées sur ce que les gens devraient être n'est jamais bon. Par exemple, tu te dis que tes parents sont infaillibles, qu'ils ont toujours raison, que leur expérience leur a appris une chose ou deux. Et les voilà assis à faire leur deuil d'un permis raté ! Mieux vaut dès le départ savoir que ses parents ne sont que des gens comme les autres.

Et si tu penses que la vie n'est rien qu'un tour de manège, tu vas être déçu. Prenons l'amitié. B. = Brenda = garce = ma meilleure amie. « Amie », avant, c'était mon mot préféré. Ça voulait dire des fous rires partagés, et des secrets, et des émotions, et s'envoler. Aider, s'entraider, se consoler, se forger des opinions, courir à la sonnerie du téléphone, déborder de joie, faire des projets. Et puis, un beau jour, l'amie ne vous invite pas à sa fête d'anniversaire. Elle invite la totalité des créatures terrestres sauf moi, et se débrouille pour que je le sache. Tía Mia me dit : « Vas-y d'office et tais-toi ! » Mais je me suis assise sur mon lit et j'ai pleuré jusqu'à complète déshydratation.

– Écoute, me dit Charles, tout le monde n'est pas obligé de t'aimer.

– Ma meilleure amie, quand même…

– Elle a peut-être ses raisons.

– Il n'y a pas une seule raison valable dans l'univers !

– Peut-être que l'amitié, c'est d'avoir assez confiance en quelqu'un pour penser qu'il ou elle puisse avoir une raison valable.

Ce que j'attendais de Charles, c'était qu'il me dise de ne pas me rendre malade pour une harpie comme Brenda, qu'elle n'en valait pas la peine, que je pouvais très bien vivre sans elle, bon débarras !

– Ohé, fait Charles, une de perdue, dix de retrouvées.

Et il ajoute :

– Celui qui cherche un ami parfait restera sans amis.

D'accord, je ne dirai rien d'autre sur Brenda. Elle ne vaut pas l'encre de mon Bic sur cette feuille. Je l'ignorerai, elle m'ignorera, et cette ignorance réciproque restera comme un autre mystère dans mon cœur cabossé.

Cher cahier, je ferais mieux de te parler de A. = Arthur, Arthur, Arthur, Arthur. La première chose à savoir, c'est que l'amour est aveugle. Mon Arthur est complètement aveugle, sourd et muet, totalement insensible au béguin gigantesque que j'ai pour lui. Que veux-tu, à ses yeux je suis invisible. Je l'épie en cachette, ne lui adressant jamais la parole, ne l'approchant pas, mais toujours obsédée par lui. J'ai acquis ce nouveau grand talent pour faire plusieurs choses à la fois : les devoirs, les corvées, les interros et… penser à Arthur.

Arthur, Arthur, Arthur, le nom est installé en moi et crie dans mon cerveau. Il est grand et mince avec quelques bosses. Ce n'est pas le modèle du jeune premier nickel, mais le charme de ses fossettes ! J'aimerais peigner ses cheveux couleur de foin avec mes doigts. Et la façon qu'a son long corps saugrenu de valser à travers les couloirs du lycée, avec sa mèche folle dressée sur son crâne comme l'antenne d'un autre monde. J'aime sa façon solitaire et solide de se tenir. Il a l'air parfaitement heureux de naviguer seul dans les flots périlleux du lycée Masséna, autonome, original, unique. Pas antisocial, mais ailleurs. Poli, cool, un peu supérieur, sans arrogance. Et intelligent. On aimerait connaître son opinion sur tout, tout comme notre prof de maths qui termine chacune de ses phrases par un : « N'est-ce pas, Arthur ? » Quand Arthur pige (à peu près trente-cinq ans avant les autres), nous pouvons passer à la torture suivante. Ça ne me dérange pas, parce que moi je mettrais dans les cent quatre-vingts ans à comprendre l'équation la plus simple : Arthur + Angélique = ❤. Je pense que j'ai renoncé aux maths le jour de ma naissance. Mais je ne renoncerai à aimer Arthur que le jour de ma mort.

Angélique sait qu'il faut qu'elle arrête d'écrire pour aller mettre la table.

Sa mère se transforme en horloger dès qu'il s'agit de l'emploi du temps. Elle affiche celui-ci tous les dimanches, dirigeant la maison et répartissant les tâches ménagères dans un esprit de discipline militaire. Même Pablo a son lot de corvées quotidiennes : il est responsable du remplacement du papier toilette. Il prend cette mission tellement à cœur qu'il visite les lieux après chaque utilisation. Par contre, il y a des négociations perpétuelles entre Charles et Angélique pour échanger leurs tâches, ou se faire remplacer.

4
Les candidats de Tía Mia

Tía Mia est rentrée d'un congrès et ce soir elle vient dîner. Les hommes – ceux que sa sœur appelle « les candidats » – qu'elle amène à ces dîners sont du genre que ladite sœur qualifie en général de « hautement inapproprié ». Toujours des manuels, jamais d'intellectuels. Une fois, Mia a mis dans les mains d'Angélique un exemplaire de *L'Amant de Lady Chatterley* en lui disant : « Régale-toi ! » Angélique en a déduit ce qu'est le rêve de sa tante : un mâle plus physique que mental. Un bûcheron, un camionneur, un maçon, limite un footballeur. Mia aime la crasse noire logée sous les ongles. Une fois, elle a même ramené une rock star sur le retour. Il y a aussi eu des charpentiers, des fossoyeurs, des vidangeurs. N'importe quoi pourvu que ça ne ressemble pas à ce mari fadasse qu'est son beau-frère.

C'est pour ça que l'homme qu'elle introduit ce soir est un choc. Rien à voir avec tous ceux qui l'ont précédé. Tía Mia est radieuse. Elle est toujours radieuse quand elle a un bonhomme à la remorque. Le féminisme est une maladie qui ne l'a jamais contaminée. Un homme, n'importe quel homme, n'importe quel bipède à barbe pourvu qu'il ait deux jambes, deux bras, une tête et, au bon endroit, ce bout de tuyau absurde qui pendouille et s'impatiente. Un cerveau ? Inutile.

Tía Mia initie la famille au monde des métiers. Angélique a appris grâce à elle tous les boulots possibles, au fil des « candidats ». Ils ont tous essayé, les pauvres, de faire bonne impression à Angélique, de gagner ses bonnes grâces, et la plupart y ont d'abord réussi. Et puis, on ne sait comment ni pourquoi, chaque fois le charme s'est rompu. Ça a pris le temps d'une soirée ou deux ans, mais c'est toujours passé de l'enchantement à « coupez-lui la tête ».

Voici qu'entre en scène Maximilien Osterwalder. Un nom bien long pour un homme si court. D'habitude, les candidats de Mia sont beaux comme des affiches de cinéma. Maximilien Osterwalder est petit, gros, chauve – le fantasme absolu de toutes les princesses tordues ! Mais un sourire s'allume sur son visage pour éclairer le reste, et ce sourire a le don de le rendre instantanément captivant. Il fixe les pieds nus d'Angélique et remarque l'ongle incarné qui la tue, depuis des semaines.

– Je m'en occupe, dit-il, et il fait l'aller-retour jusqu'à sa voiture pour réapparaître avec ses outils de travail.

– Max est podologue, explique Mia. Je l'ai rencontré en le consultant à cause d'un champignon. Demandez-lui n'importe quoi, il sait tout.

Le docteur M. O. se lave les mains et commence à triturer l'orteil d'Angélique.

– Ne t'inquiète pas, ça ne va pas te faire mal.

Angélique s'inquiète toujours des gens qui lui disent de ne pas s'inquiéter. Quoi qu'il en soit, c'est dans cette position que les parents d'Angélique font la connaissance du nouveau candidat : le pied de leur fille sur ses genoux. Peut-être jugent-ils la situation sexy. Pas Angélique. Mais le soulagement qu'elle ressent n'est pas négligeable.

Dîner agréable. Le candidat trouve les mots qu'il faut pour chacun. À Charles, il confesse que lui-même a raté son permis cinq fois. Il donne à Marie la bonne méthode pour vaincre la cigarette. Il tombe d'accord avec le père de famille sur les sujets politiques. Il félicite Pablo de ses pieds admirables. Ce faisant, il délivre des petits bisous dans le cou et sur les joues de Mia, lui prend les mains, l'étreint jusqu'à ce qu'elle miaule. Être grand et beau n'est peut-être pas l'essentiel avec les femmes.

Après leur départ, la famille se répand en éloges en desservant la table et en rangeant la vaisselle. Angélique se couche en pensant à Arthur et s'endort en rêvant à Arthur. Le lendemain matin, elle part pour le lycée avec rien d'autre dans la tête que l'image d'Arthur. Quand elle l'aperçoit, elle ne sait plus s'il est une imagination ou une réalité. C'est seulement quand elle voit la méchante Brenda lui prendre le bras qu'elle comprend qu'elle est dans la vraie vie, et que la vraie vie n'est pas un rêve.

Cher cahier rose, un événement digne d'un journal intime a eu lieu aujourd'hui. La prof de français a lu mon dernier devoir à toute la classe. (Il faut dire que ma mère me relit toujours et corrige mes fautes !) Au lieu de m'attirer la haine des élèves, j'ai récolté plutôt de la bienveillance. Plusieurs sont venus me dire : « C'était super ! » ou : « Ça m'a vraiment amusé. » Si le fait d'écrire peut vous valoir un peu d'amour, je devrais peut-être envisager ça comme futur métier, bien que papa dise que ça ne rapporte rien. Mais le top des tops, c'est qu'Arthur lui-même, avec la totalité de son mètre quatre-vingt-huit de chair et d'os (et peut-être de cerveau), a daigné lâcher un moment la Brenda maudite pour joindre ses pas aériens aux miens (de plomb). Il m'a regardée droit dans les yeux et m'a dit : « Ce n'est pas facile, d'avoir de l'humour. C'est un don. » C'était l'heure du déjeuner. Il m'a suivie à la cafétéria, a fait la queue avec moi et s'est assis à côté de moi, sa cuisse contre la mienne. Il ne semblait pas gêné du tout. Moi, j'étais en feu. J'ai pivoté vers lui et mon sein gauche a effleuré le haut de son bras. Ce contact a déclenché une réaction instantanée en bas de mon corps, et de la chair de poule jusqu'aux cheveux. Chacune de mes cellules a fondu comme une soupe de chocolat chaud, sucrée à point. J'étais incapable d'émettre un son et encore moins de faire entrer une fourchette dans ma bouche. J'ai dû oublier mon nom. Mon seul désir était de me glisser sous sa peau. Est-ce un but dans la vie, pour une fille dont les ambitions sont en principe d'avoir des « très bien avec félicitations » ?

Arthur, démontrant qu'il n'est pas occupé uniquement de sentiments vagues, mais qu'il est un véritable athlète cérébral, s'est mis à commenter le contenu de nos assiettes : purée en poudre, steak haché graisseux, pas de légumes verts à l'horizon. Il a abordé le problème de l'obésité. À vrai dire, je suis loin d'être obèse, sauf à l'endroit déjà mentionné. Mais existe-t-il quelqu'un qui ne se sente pas gros ? Même Tía Mia se sent grosse. Maman, elle, n'arrête pas de fumer, de peur de grossir. J'ai eu du mal à donner la réplique à Arthur, tellement j'étais intimidée. Mais corporellement j'osais. Mon sein était cimenté à lui. Il parlait ; je ne respirais pas. Et puis, ça a été l'heure de se lever de table. J'aurais tout donné pour rester là, sœur siamoise éternelle. Je suppose que c'est l'occasion de servir le cliché : toute bonne chose a une fin. Mais pourquoi ?

Je n'arrêtais pas de chanter dans ma tête «What do I have to do to make him love me ? What do I have to do to make him care ? » *et j'ai décidé d'appeler Tía Mia, séductrice professionnelle, pour avoir son avis sur la question. J'ai téléphoné à son bureau et l'ai eue du premier coup. Elle travaille beaucoup et est presque toujours là.*

– Écoute, je suis effroyablement accro à un gars du lycée et je voudrais savoir comment le mettre dans le même état que moi à mon égard. Qu'est-ce que je dois faire ?

– Get physical ! *réplique Tía Mia sans hésitation.*

– Tu veux dire, je lui saute dessus ?

– Je veux dire, prends-lui la main, le bras, entre en contact comme tu peux.

– Mais justement, je ne peux pas !

– Sers-toi de cette poitrine pour laquelle je donnerais tous mes miles bonus. Mets-la en valeur, au lieu de la cacher sous tes pulls immondes. Maintenant je te laisse, petit pois adoré. J'ai une réunion. Tiens-moi au courant.

Charles est assis sur son lit, la porte grande ouverte, les yeux fixant un point par terre, visiblement encore en deuil de son permis. Angélique l'épie du coin de l'œil. Il met une longue minute à réagir à son « bonne nuit ».

– Si je n'étais pas ta sœur, mais une nana quelconque, est-ce que tu t'intéresserais à moi ?

Il la regarde comme s'il la voyait pour la première fois. Ce genre d'hypothèse semble vraiment l'exalter. Il se lève, une ébauche de sourire au coin des lèvres, se dirige vers elle, la tourne d'un côté et de l'autre, lui ébouriffe les cheveux, lui redresse les épaules, lui tire la tête vers le haut, lui pince la joue et la chatouille sous les bras.

– Arrête, imbécile ! Au secours !

Son verdict est :

– Angie, tu ne serais pas si mal si tu te tenais droite.

– Tu me regarderais avec des intentions précises ?

– Je refuse d'envisager le cas, ma chère sœur. Ça s'appelle de l'inceste. C'est un tabou universel.

Angélique regarde son frère et pense : « Quel dommage, cette histoire d'inceste ! Charles est grand et il a de l'allure, avec un visage parfait et un cerveau performant. Lui et elle ont les mêmes idées sur tout, et rient des mêmes choses (surtout de leurs parents !). Ils ont les mêmes goûts à table et les mêmes dégoûts ailleurs. »

Angélique prend conscience qu'en fait elle ne sait

rien de la vie sentimentale de Charles. En a-t-il seulement une ? Il est si concentré sur son avenir : faire une prépa, avoir les meilleures notes, savoir tout sur tout. Où trouverait-il le temps d'avoir une copine ? Mais peut-être attend-il pour ça d'avoir son permis.

Pablo arrive en rollers (strictement interdit dans la maison). Il met son doigt sur ses lèvres avec prière de ne pas le dénoncer. Pablo est grand pour son âge : avec ses rollers, il fait presque la taille d'Angélique.

– Donne-moi ton avis honnêtement. Tu crois qu'un homme pourrait m'aimer ?

Malgré son intrusion dans leur vie, ils ont toujours pris à cœur l'éducation de leur petit frère, n'ont jamais parlé « bébé » avec lui, et ont toujours œuvré à enrichir son vocabulaire. D'une certaine façon, il est leur projet. Un projet réussi, car il a la conversation d'un lycéen cultivé et la sagesse d'un vieux Chinois. Il passe sa sœur aux rayons X, des pieds à la tête. Arrivé en haut, il fait ce que ferait leur grand-mère : il lui balaie la frange.

– Tu devrais arrêter de te cacher derrière tes cheveux. Tu n'es pas plus moche qu'une autre.

Pablo est l'enfant qui a reçu le plus de baisers de l'histoire des familles ; pas tellement de Charles et d'Angélique, mais de tous les autres. Ce doit être la meilleure vitamine pour grandir dans la confiance en soi. Et Pablo, bien que ce soit un peu tôt pour le dire, est le plus grand succès de la méthode bisous. Il ne marche pas, il flotte. Il respire le bonheur. Son sourire semble tatoué sur son visage. Il ne sait pas qu'il gêne sa sœur et son frère. Il baigne dans une ignorance béate.

Angélique cherche aussi à se renseigner auprès de ses parents. Sa mère opine :

– Peut-être pourrais-tu perdre un kilo ou deux.

Et son père :

– Pourquoi ne portes-tu pas de vrais vêtements, un peu plus féminins…

Angélique trouve révélateur et somme toute reposant que chaque membre de sa famille lui attribue un défaut différent : elle pourrait aussi bien essayer de renaître dans la peau de quelqu'un d'autre. En attendant, elle s'arme de patience en se disant : tant pis pour la frange, je ne peux pas vivre sans. Et oublions de perdre du poids, personne n'y a jamais réussi de façon durable. Pour ce qui est des vrais vêtements et de se tenir droit, c'est à voir.

Cher cahier rose, j'ai mis une minijupe et les mini-talons que j'ai achetés pour le mariage de la cousine Laure. Voilà pour le bas. Pour le haut, j'ai banni le soutien-gorge et j'ai enfilé un T-shirt moulant, avec par-dessus une chemise de papa pour sortir de la maison sans attirer l'attention. J'ai enlevé la chemise à l'approche du lycée et je me sentais nue, mais bien décidée à aller jusqu'au bout de mes projets. J'avais l'impression que tout le monde me regardait, mais ça, ce n'était rien.

La difficulté était de me tenir droite. Je le faisais quelques secondes de suite, et puis l'édifice s'écroulait. En plus, il fallait que je croise les bras pour couvrir les bouts de mes seins qui pointaient tout en me servant de mes mains pour tirer ma jupe vers le bas. Programme complexe. J'étais tellement occupée à ces deux activités que je n'arrivais pas écouter les profs. Ajoute à cela mes coups d'œil vers Arthur pour voir s'il remarquait un changement, et tu as une belle pagaille.

Dans le couloir, il a fallu que je le rattrape sous prétexte de lui demander s'il pouvait me prêter ses notes du dernier cours. « Je n'arrivais pas à me concentrer. » C'était la vérité. Nous marchions côte à côte et j'ai essayé « to get physical ». *Il s'est penché pour sortir ses notes de son sac à dos et il a heurté un de mes seins en se redressant. Il avait l'air tellement gêné, comme s'il avait touché une pieuvre. Ça m'a paniquée. Je me suis dit que, si l'effleurement d'un simple sein pouvait ainsi l'électriser, que deviendrait-il dans mes bras ?*

Comment ai-je pu passer mon enfance et ma préadolescence à l'abri de ce désir idiot ? Arthur, malgré lui, m'a offert un bref sourire, mais il n'a pas exaucé mes prières silen-

cieuses : prends-moi dans tes bras, touche-moi, embrasse-moi ! Un tas de tubes m'ont envahie, des chansons dont je me suis toujours moquée. « Love, love me do !, Love me tender, love me true, never let me go. » *J'ai toujours pensé que ces paroles avaient été écrites par des imbéciles analphabètes.* « I love you, yeah, yeah, yeah ! » *Aïe ! il faut mendier ce qui nous est dû.*

La seule à remarquer ma transformation a été cette sorcière de Brenda qui nous fixait alors que le temps s'arrêtait pour moi auprès de cet adonis d'Arthur. Quand il s'est enfin évadé sans mot dire, elle a lancé : « Dis donc, tu t'entraînes pour un concours de strip-tease ? »

Heureusement, Tía Mia ne m'a pas rappelée pour le compte rendu. C'est dur d'avouer ses échecs et ses humiliations. J'ai aussi évité Charles et Pablo et le reste de la famille. La honte nous couvre de notre propre boue infâme. La gloire, par contre – une bonne note ou une autre victoire banale sur la vie –, nous projette dans les étoiles. Le lendemain, j'étais revenue à moi-même, ado normalement inesthétique, tête penchée, épaules rondes, essayant d'éviter tout contact humain, n'importe quoi pour ne pas exister, pour oublier mon être physique et mental. Je n'ai pas regardé Arthur et j'ai banni Brenda de mon champ visuel.

Angélique essaie de ne plus penser à cette journée de misère. Le dîner familial est glauque. Elle n'ouvre pas la bouche et, quand qui que ce soit lui adresse la parole, elle entend Pablo dire : « Laisse-la tranquille, elle est en crise d'adolescence. » Cet enfant-là, pense Angélique, nous ferait comprendre ce que veut dire l'amour. Charles se montre compatissant, lui aussi : il connaît ces journées sombres et mortelles. Seuls son père et sa mère essaient de lui extirper quelques paroles, qu'elle se refuse à lâcher.

Elle peut quand même débarrasser la table, ranger la vaisselle dans la machine bénie et s'enfermer dans la salle de bains avant la horde sauvage. Elle étale les crèmes que sa tante lui fournit en disant : « Il n'est jamais trop tôt pour commencer. » Et puis vient le meilleur moment, celui où elle se retrouve seule en compagnie de son journal intime, à naviguer dans ses pensées, espérant les petites révélations qu'elle se cacherait à elle-même.

Elle est reconnaissante à sa mère de l'avoir initiée à ce plaisir insoupçonné, de lui avoir acheté ce cahier rose à lignes horizontales sur ses feuillets blancs – blancs comme est blanche la dénommée Angélique Blanc.

Malheureusement, écrire n'est pas simplement écrire, mais aussi lire et se relire. Angélique commence toujours par relire ce qu'elle a écrit la veille. Cet exercice lui procure une gêne. Une chance que tout ça soit confidentiel.

Elle ouvre le cahier à la page où elle ne parle que de ses seins et note avec honte que ça tourne à l'obsession. Dans la vie, on peut se mentir à soi-même, mais on ne peut pas mentir au papier. Tout sort, noir sur blanc.

En tournant les pages, Angélique aperçoit de petites particules de cendres dans le pli des pages. Elle feuillette et refeuillette, elle trouve des cendres partout. Phénomène étrange.

Elle referme le cahier et se met au lit, mal à l'aise. Une voix lui dit «Vas-y ! Même si tu n'as rien à dire, tu peux quand même laisser courir ton stylo sur la feuille.» Alors elle se relève et voici ce qu'elle fait : des gribouillages, des boucles comme à la maternelle, en travers de trois des pages de son journal. Car voici la vérité. Voici l'explication des choses. Voici la transposition parfaite de ce qui lui passe par la tête :

Oooooooooooooooooooiiiiiiiiiiiiiiiiiiiiiiyyyy
yyyyyyyyyyyyyyyyyxxxxxxxxxxxxxxxxxxxxxxxxxxxx
xxxxxxxxxxxxxxxxxxxxxxxxmmmmmmmmmmmm
mmmmmmmmmmppppppppppppppppppppppppp

5
Une vie qui recommence tous les jours

Elle se sent mieux, se remet au lit, se tourne et se retourne pendant une heure avant que le sommeil ne la rattrape dans son filet de rêves. Elle ne rêve pas d'Arthur mais de Maximilien Osterwalder jouant avec ses pieds.

Le matin arrive, avec son lot habituel d'espoir. Elle s'habille, à mi-chemin de son ancien et de son nouveau soi-même. Il commence à faire froid et elle enfile son unique pull en cachemire, rebut d'une Tía Mia à poitrine plate. Cette fois, elle n'a pas « oublié » le soutien-gorge. Elle sait, au fond d'elle-même, que cette journée va être nouvelle et inhabituelle.

Eh bien, tout nouveau jour est neuf et inhabituel.

Qu'on pense à Marcel Proust. Il est resté au lit une grande partie de sa vie et il a écrit un chef-d'œuvre. Il dit : « Le véritable voyage de découverte ne consiste pas à chercher de nouveaux paysages, mais à avoir de nouveaux yeux. » Faux, pense Angélique. Le vrai voyage de découverte, c'est ARTHUR. Mais sa journée est obstinément sans Arthur. Elle rentre chez elle la tête et le cœur vides, dégoûtée. Personne à la maison, alors elle se console en mettant le nez dans le placard de la cuisine : il contient toujours des gâteaux pour Pablo, et des céréales, et des chips, et des sticks au sel. Elle commence à empiler des quantités de tout ce dont elle a besoin pour se tenir compagnie, mais voici Pablo qui arrive pour goûter : il va y en avoir moins pour elle car Pablo se sert amplement. Elle pousse les boîtes de gâteaux vers lui parce qu'elle aime penser qu'elle partage, mais elle sait qu'il y a des choses qu'elle fait à contrecœur. Ils s'assoient en silence comme un vieux couple qui s'ennuie au bistrot devant deux verres d'absinthe. Angélique a du mal avec le silence, alors elle essaie de le briser.

– Comment s'est passée ta journée ?

– Bien, très bien.

C'est sa réponse standard. Il faut lui arracher un à un les détails.

– Avec qui ?

– Jonathan, Arianna, Kevin, Mme Lambert, Jennifer, Emma, Mohammed, Orr.

– Il y a quelqu'un qui s'appelle Orr ?

– Oui, une fille, et une autre qui s'appelle Océane.

– Bizarre.

– On s'habitue.

Angélique ne peut s'empêcher de trouver cette peste de frère étrange. Il est incongru, un ovni. Il est parfois de ces petits frères odieux qui piquent les affaires et fichent la pagaille. Il veut toujours qu'on l'emmène là où vont les grands. « Je peux venir avec vous ? » est son refrain préféré. Mais il existe depuis cinq ans, et il faut bien apprendre à faire avec.

Charles fait une entrée tourbillonnante dans la cuisine. Un Fred Astaire sans la tête chevaline. On n'avait pas senti une telle ébullition en lui depuis son fiasco au permis de conduire. Aurait-il eu une bonne note ? Il s'assoit avec eux et s'octroie à son tour quelques milliers de calories.

– Qu'est-ce qui t'arrive ? demande Angélique.

Après une hésitation, il se lance :

– L'amour, ma chère.

Rien n'est plus surprenant que cette réponse, venant d'un garçon d'un tempérament aussi sobre. « Pourquoi lui ? pense Angélique. Pourquoi pas moi ? »

– *Love is all you need*, chante Pablo.

– Qu'est-ce que tu en sais ? Tu es amoureux, toi aussi ?

– Oui, affirme Pablo. J'ai toujours été amoureux.

– De qui ?

– De toi.

À nouveau, il la surprend. L'amour est censé être réciproque !

Le klaxon de la voiture maternelle perce le mur du son. Ce signal indique que Marie a fait des courses et qu'elle veut du renfort pour décharger les achats. Charles exécute une sorte de cha-cha-cha jusqu'à la voiture, Pablo à sa suite, mais Angélique ne bouge pas, toute à ses suppositions quant à l'amoureuse de Charles. Comment pourrait-elle atteindre un tel stade avec Arthur ?

– Tu es infirme, ou quoi ? BTF.

Telle est l'aimable interpellation de sa mère. « BTF » est la formule diplomatique habituelle de Mme Blanc pour signifier « bouge tes fesses », expression trop rude pour être employée carrément. Angélique n'est pas particulièrement bien lunée envers sa mère, alors elle se lève au ralenti et sort chercher quelques provisions qu'elle range du bout des doigts, sans un mot. Au moins, il y a un plat cuisiné qui sent bon.

– C'est quoi ? demande Pablo.

– Une daube à la provençale.

– Beurk !

Leur mère n'achète jamais de plats cuisinés. Et elle ne réussit jamais ses plats.

– Excellent achat, commente Charles.

– Et puis ça ne doit pas coûter bien cher, maugrée Angélique.

– J'avais envie d'essayer quelque chose de nouveau. Il me faudrait des heures pour préparer un truc comme ça.

– Il y a vingt-quatre heures dans une journée, remarque Pablo

– Et on les passerait à faire la cuisine ?

« On les passerait à rêver d'Arthur », pense Angélique.

– Vingt-quatre heures pour aimer, chantonne Charles.

Angélique est prête à consacrer au moins une des vingt-quatre heures de la journée à déverser son cœur dans son journal intime. Voici le résultat :

Cher cahier rose, je me suis ennuyée pendant mes cours, ce matin. Je réussis d'habitude à éviter l'ennui en écrivant des lettres à des gens imaginaires ou réels, tandis que le prof me croit en train de prendre des notes, ou simplement en

rêvassant à Arthur, qui ce matin se trouvait à pas plus de deux mètres de moi. Mais mes fantasmes étaient en panne et par ailleurs je ne me sentais pas motivée pour écrire une lettre. Enfin, la cloche a sonné. J'avais une faim de loup, une faim que même la bouffe de la cafète n'a pas découragée. Je ne regardais ni à gauche ni à droite, juste droit devant moi en direction de la queue, quand quelqu'un m'a barré la route et m'a attrapée par les épaules en disant : « Demi-tour, j'ai apporté le pique-nique. » C'était Brenda… Comme si rien ne s'était jamais passé entre nous. Pas d'excuses, pas d'explications, pas d'allusions aux blessures saignantes ni à la brèche profonde.

Je l'ai suivie, nouillasse débile que je suis. Je l'aurais suivie jusque sur la Lune, pour une demi-heure de fous rires et de potins comme au bon vieux temps. Ah, comme c'était bon jadis de dézinguer chaque élève de la classe, pièce par pièce, cheveu par cheveu, tache de rousseur par tache de rousseur, en se moquant des pantalons larges d'un tel ou de la stupidité de telle autre, célébrant ainsi notre supériorité physique et morale sur tout autre être humain et nous cachant astucieusement nos propres tares, tellement moins graves que celles des imbéciles qui nous entourent.

Brenda ! Pendant des semaines, j'ai réfléchi aux mille façons de la tuer. Elle était un champ d'orties dans mon âme. Sa pensée me faisait bouillir le sang au point de m'exploser les veines. Elle m'avait brisé le cœur. Et voilà qu'elle me revient comme un boomerang, sans un mot pour ma souffrance, sans une excuse pour mon martyre, et moi je ne dis rien, je mâchonne ses carottes et je bouffe ses sandwichs au thon. Elle m'a eue, profitant de ma faim et de ma stupidité.

– Qu'est-ce que tu deviens ? me demande-t-elle.

Je meurs d'envie de lui offrir quelque chose de juteux. Je suis si désireuse de réintégrer ses bonnes grâces. Toute ma vieille affection avait resurgi, et j'avais tellement envie de passer l'éponge. Sauf que je n'avais rien à lui raconter.

– À quel point de vue ?

– Pablo, ta Tía Mia, Charles… Il paraît que tu es accro à un dénommé Arthur…

– Bof ! c'est juste qu'il est… l'idéal.

– N'importe quoi. Un crétin.

– Tu n'avais pas l'air de le trouver si crétin, l'autre jour, collée à lui…

– C'est toi qui étais crétine, sans ton soutien-gorge.

– J'essaie de nouvelles sensations.

– Alors essaie celle-là.

Elle a sorti un paquet de cigarettes brunes et en a allumé une. Je n'ai pas pu m'empêcher d'admirer ses airs de star quand elle soufflait la fumée.

– Quand as-tu commencé ?

– Juste après mon anniversaire.

– Tu es en route pour les rides précoces et la mort prématurée.

Je lui ai servi quelques-unes des mises en garde de Tía Mia. Elles ne l'ont pas convaincue :

– Quoi qu'on fasse, on va mourir. Alors autant profiter de la vie. Tiens, vas-y.

– Jamais !

– Je t'assure que c'est super. Et ce n'est pas une malheureuse cigarette qui va te donner des rides et te tuer.

– Ça ne me tente pas du tout. Je ne te comprends pas.

– Ça me détend.

– La mort aussi, ça détend.

Elle a fouillé dans son sac et en a sorti un petit paquet.

– Tiens, je t'ai acheté un truc.

Sans doute pour se faire pardonner, une offrande de paix, une manière de remplacer les mots qu'elle ne savait pas dire. J'ai pris la boîte et j'ai défait l'emballage. C'était un cadre en forme de cœur, avec dedans une photo de nous deux, nos deux têtes souriantes. Au dos, une inscription : « Je t'aime, Angie ! » J'étais émue.

– Merci.

Brenda a allumé une autre cigarette à la sienne.

– Tiens, a-t-elle dit en me l'enfonçant entre les lèvres. C'est pas drôle de fumer seule. Et puis, tu dois t'ouvrir à la vie et aux expériences. Ça va te dégourdir. Tu avais l'air d'une morte, en classe, ce matin…

Je ne voyais pas bien ce que je pouvais faire d'autre. J'ai inhalé et, oui, c'était bon. Pas le moindre de ces toussote-

ments comme dans les films montrant des gosses allumant leur première cigarette en cachette. Je dois être programmée génétiquement pour fumer. C'était bon d'être là, à cloper avec mon amie retrouvée et qui m'a tant manqué. Une revenante, avec qui partager à nouveau les vieux souvenirs et les aventures récentes. J'adore l'idée d'être fidèle. Je déteste perdre quelqu'un.

Je ne serai jamais aussi méthodique et parfaite que ma mère, mais au moins je serai peut-être aussi bonne fumeuse qu'elle.

Youpi !

6
Dimanche pourri

Angélique s'est couchée. Injustement peut-être, elle a dormi du sommeil du juste. À son réveil, la maison est en ébullition. Pablo répète son morceau de piano pour un concours. Marie a désespérément tenté de faire de ses deux aînés des pianistes. Ils ont déçu ses rêves d'imprésario. Alors elle a trouvé un professeur révolutionnaire pour Pablo, lequel a pris goût à son clavier comme à une tablette de chocolat. Il suce chaque note en y mettant toute la gourmandise du monde. Et son corps s'agite actuellement au rythme de ce chef-d'œuvre intitulé *From a Wigwam*. Il joue ce morceau depuis des heures, faisant fondre sa mère comme le chocolat mentionné, au risque de mettre les nerfs des autres en miettes.

Angélique l'avait oublié, c'est aujourd'hui le concours de Pablo. L'amour vous fait tout oublier. Il vaudrait peut-être mieux le remettre à plus tard (l'amour) et se concentrer sur ses études, au lieu de bloquer de façon obsessionnelle sur un type qui s'est à peine aperçu que vous existiez…

Pablo est maintenant en grande tenue de pianiste, avec nœud papillon et tout. La famille au complet est sur le pied de guerre, prête à partir pour aller le soutenir…

Il décroche le premier prix. Si on joue *From a Wigwam* six mille sept cent trente-deux fois par jour, on finit par le savoir. La famille entière, y compris mamie, Mia et Maximilien Osterwalder, fête maintenant sa victoire au restaurant, où Pablo fait un discours :

– C'est le plus beau jour de ma vie, proclame-t-il avant de se rasseoir.

Puis il se relève et ajoute :

– Chaque jour est d'ailleurs le plus beau de ma vie.

Tía Mia prend la parole pour faire un aveu inédit :

– Pablo me fait regretter de ne pas avoir d'enfants.

– Merci pour lui, réplique Charles.

– Toi aussi, dit Tía Mia. Tu es mon premier neveu préféré.

Elle embrasse Angélique à son tour en déclarant :

– Et toi, mon ange, incontestablement tu es ma nièce hors concours.

– Tu as le temps, pour un enfant, lui affirme son beau-frère dans un élan d'optimisme.

– Il n'est jamais trop tard pour bien faire, renchérit Maximilien Osterwalder, gagné par l'inspiration.

Mia s'assoit. Il se lève :

– J'ai quelque chose à dire. (Il regarde mamie et articule timidement :) Madame, j'aimerais vous demander la main de votre fille.

Elle rétorque :

– De nos jours, ce n'est plus aux parents qu'on fait ce genre de demande. Il va falloir que vous consultiez la fille en question.

– Mia, mon amour, ma chérie, ma beauté, mon sucre d'orge…

– Beurk ! chuchote Charles.

– Mmiamm ! fait Pablo.

Maximilien Osterwalder se racle la gorge et reprend :

– Mia, ma meilleure, mon unique… (Il s'accorde une ample inspiration et poursuit avec flamme :) Veux-tu te marier avec moi, être mon épouse et ma femme ?

Angélique s'écrie en son for intérieur : « Arthur ! Arthur ! Arthur ! », se demandant si, un jour, quelqu'un déversera sur elle de tels monceaux de sentiment. Ce dont elle est convaincue en attendant, c'est que Mia ne va pas craquer. Elle résiste depuis si longtemps. Ce que Mia aime, c'est les débuts, pas la routine de l'amour. Et ce Maximilien est un candidat si contraire à ses goûts : plus petit, plus vieux, plus moche que tous les autres, même pas riche ou brillant, et pas imposant pour deux sous. Mais oh, tellement généreux et bon ! Angélique ne peut se retenir de penser : «Vas-y ! *Just do it !*»

Tía Mia se lève et imite Pablo :

– C'est le jour le plus heureux de ma vie ! (Elle regarde Pablo et ajoute :) Or, pour moi, TOUS les jours ne le sont pas.

– Moi aussi, c'est le plus beau jour de ma vie, insiste Maximilien Osterwalder, mais est-ce que tu vas répondre à ma question ?

Et là, c'est la surprise :

– La réponse est oui, OUI, OUI !

Mamie se lève et annonce :

– C'est sans doute le jour le plus heureux de tout le monde, mais moi, je ne pensais pas vivre assez longtemps pour le voir.

– La mort, c'est comme le mariage, on a le temps, dit Charles, contribuant par une maxime à l'émotion unanime.

Angélique veut dire quelque chose, elle aussi, mais elle n'a pas d'idée.

Charles sourit d'une oreille à l'autre. Il est de plus en plus fan de l'amour.

Angélique sent que l'averse menace. Impossible de la retenir. Elle éclate en sanglots devant sa pizza.

– Oh, ma chérie, dit Maximilien en l'entourant de ses bras.

Tout ce qu'elle réussit à bredouiller, toute brillante élève qu'elle est, abonnée aux 20 sur 20, est :

– Je voudrais avoir moi aussi quelqu'un qui m'aime.

Marie embrasse sa sœur. Son mari embrasse sa belle-mère. Tout le monde embrasse tout le monde. L'euphorie gagne cette famille modèle en route vers le désastre.

Aujourd'hui, c'est dimanche, un dimanche gris. Mia et Marie échangent au téléphone des considérations diverses au sujet du futur mariage, en attendant l'arrivée de Maximilien, invité à prendre le thé chez les Blanc. Angélique se réjouit que les deux sœurs n'aient pas trop de temps pour se pencher sur son cas à elle, tout en regrettant qu'elles parlent d'autre chose que d'elle. Pour Angélique, le dimanche est une journée morte. Tout le monde traîne. Pablo va jouer *From a Wigwam* encore quelques milliers de fois, histoire de se replonger dans ses succès de la veille, mais il doit aussi déchiffrer son nouveau morceau, et c'est pire. Le père et le fils aîné suivent une émission politique à la télé, la ponctuant de force commentaires ironiques.

Angélique décide de sortir prendre l'air.

– Je peux venir avec toi ? demande Pablo.

– Pas aujourd'hui. J'ai besoin de réfléchir toute seule.

« Ni jamais ! » pense Angélique.

– Mais tu me dis toujours ça ! Et moi, qu'est-ce que je vais faire ? Je m'ennuie.

– Tu vas aider maman et Tía Mia. Ou papa et Charles.

« Ou trempe ta tête dans une bassine d'huile, ma souris verte ! » pense Angélique en sortant.

Elle descend le boulevard Gambetta avec l'idée d'une petite marche au bord de l'eau. Jamais il ne pourrait être question pour elle de vivre loin de la mer. Avoir une vue permanente, de sa fenêtre, sur cette vaste étendue qui s'étire jusqu'à l'horizon la remplit de bien-être. Ça la calme et ça l'excite en même temps. Le va-et-vient des vagues est un spectacle qui lui procure au plus haut point le sentiment de vivre.

Voici ce qu'elle en dit, le soir, à son cahier rose :

Je ne suis pas arrivée jusqu'au rivage car j'ai croisé en chemin des camarades de classe qui se dirigeaient vers la gare et qui m'ont emmenée avec eux. Je suis d'ordinaire si solitaire à l'école depuis la crise avec Brenda que j'ai saisi l'occasion de faire partie de la bande. Je ne me suis pas fait prier.

La gare de Nice est une honte, gare du tiers-monde plus que d'une grande ville française, cinquième ville du pays ! Elle est sale, délabrée, la violence y règne, la délinquance aussi, et toutes les dix minutes un haut-parleur vous met en garde contre les pickpockets. Mais ils promettent de la refaire. Les quelques fauteuils vissés au sol sont occupés, les queues aux guichets font vingt mètres de long et les machines pour acheter des billets sont en panne.

Je n'ai jamais compris ce qu'on peut faire d'autre ici que de prendre le train. Pourtant, j'ai vite constaté que le but de mes compagnons était moins innocent. Je l'ai compris quand Edgar a sorti de son sac une bombe de peinture, qu'il m'a tendue et que j'ai prise.

Maman déteste les tagueurs et les tags. Selon elle, ils défigurent les villes, les maisons, les murs, et on devrait les punir sévèrement. Je suis d'accord avec elle, mais là, sur le moment, j'ai eu envie de faire comme les autres, de participer à la fête. Et après tout, les tags des hommes préhistoriques sur les murs de leurs cavernes sont hautement respectés.

Ils m'ont conduite loin des rails habituels vers une sorte de voie de garage et se sont mis à taguer les wagons au repos.

Certains ont fait des dessins, d'autres ont inscrit leur nom, moi j'ai couvert un wagon de ma devise : « Live life, love life ! »

Personne ne nous a dérangés. Mission accomplie. Mission douteuse, mais mission quand même. Edgar nous a proposé ensuite d'aller boire une bière. Je n'en ai jamais bu de ma vie et de plus je n'avais pas d'argent sur moi. Pas de problème, on m'a payé ma première bière. Je ne peux pas dire que je l'ai appréciée tant que ça. Au début ce n'est pas désagréable, mais l'arrière-goût âcre n'est pas ma tasse de thé, si je peux dire. À la troisième chope, je commençais à m'habituer et aussi à me désintégrer un peu. En voyant l'heure, j'ai pris le chemin du retour. J'ai titubé jusqu'à la maison.

7
Pieds et ongles

À son retour, Angélique trouve dans la maison un remue-ménage digne d'un film de Frank Capra : Tía Mia est debout au milieu du salon, sa sœur à ses pieds en train d'arranger pour elle l'ourlet de SA robe de mariage.

– Mais, dit Angélique, tu vas porter ce que tu as toujours appelé la robe de baptême de la Vierge Marie ?

– Nous ne sommes pas jumelles pour rien. Elle me va comme un gant.

– Elle est à moitié mangée par les mites !

– Donc plus sexy grâce aux trous.

– Tu n'as jamais voulu être comme maman ! Je te voyais avec quelque chose de plus « haute couture » et de plus moderne.

– Le temps que j'ai mis à trouver un mari m'a

permis d'évoluer. Et puis c'est sentimental. J'aime l'idée de porter la même robe que ma jumelle.

– Et moi, tu vas m'habiller comment ?

– En jaune.

– Une banane, quoi !

– Non, une fleur. Une jonquille. Ou peut-être quelque chose de plus sobre.

Mia consulte un tas de sites Web. À l'autre bout du salon, Bernard Blanc se prélasse dans un fauteuil, son pied gauche entre les mains de Maximilien Osterwalder.

Jamais, au grand jamais, le père d'Angélique n'a daigné s'occuper de sa propre petite personne. Un pédicure à domicile n'est en principe pas la vision qu'il revendique du bonheur terrestre. Néanmoins, il semble apprécier.

– Quand je serai venu à bout de tes ongles incarnés, je te ferai une séance de réflexologie.

– Une sorte de yoga ?

– Un truc chinois.

– Honorable beau-frère, je te confie mon pied.

De la cuisine, Angélique entend qu'on l'appelle. Tía Mia veut lui montrer des robes de demoiselle d'honneur. Elles sont traditionnelles à vomir, comme si le mariage impliquait un festival de cucul la praline.

– Une robe longue, Mia ? Pour moi ? Beige, en plus ? J'aimais mieux la banane.

– Je trouve ça élégant.

– C'est ton mariage, je mettrai ce que tu voudras.

– Vous aurez toutes la même robe. Les hommes en costume beige, aussi, avec nœud papillon. Les nappes blanches, et les bouquets en technicolor. Ça va être magnifique !

– Et tu veux faire ça où ?

– Au Cap Estel.

– Quand ?

– Quand ils auront une date pour nous, en mai ou en juin, ou même en mars. *The sooner the better.*

Bernard rôde autour d'elles. Il lâche :

– Le mariage n'est pas une course, on arrive toujours à temps.

Mia clique sur les photos du site du Cap Estel.

– Waouh ! fait Angélique. Et après votre mariage, vous allez habiter où ?

– À Nice, où veux-tu qu'on aille ? Maximilien y a son cabinet et moi mon job. J'y ai aussi ma mère, ma nièce et mes neveux ! Et ma sœur.

– Et s'il pleut le jour du mariage ?

– Mariage pluvieux, mariage heureux, dit Maximilien.

– Quelle couleur, les parapluies ?

– Beiges, bien sûr.

Angélique, d'un ton guilleret, questionne sa mère :

– Tu es contente que ta sœur se marie ?

Marie détourne le regard sans répondre.

– Qu'est-ce qu'on mange ce soir ? intervient Charles.

– On mange ce que les hommes nous font à manger, répond sa mère.

Pablo dit qu'il sait couper des bananes et les arroser de sirop d'érable. Charles propose de faire des pâtes à la sauce tomate en boîte. Bernard parle d'une omelette. La proposition qui rallie tout le monde est celle de Maximilien : on commande des sushis.

Le temps qu'ils arrivent, Mia et Angélique mettent les verres et les assiettes (sans couverts) tout en s'interrogeant sur un menu de mariage digne de ce nom. Charles plie les serviettes comme l'origami qu'il étudie en ce moment sur Internet. Chaque serviette devient un cygne, un oiseau ou une grenouille.

– Tu es chargé des serviettes de mon mariage, décrète Mia.

– Bon, mais est-ce que je peux inviter ma copine ?

– Tu as une copine ? !

– Exact.

– Elle est comment ?

– Belle, intelligente, amoureuse de moi.

– C'est qui ?

– Tu verras.

Marie ne dit toujours rien. Ses enfants lui échappent. Elle est murée dans son silence. Son mari débouche une bouteille. Il l'apostrophe :

– Ben alors, qu'est-ce que tu as ? Tu n'as pas ouvert la bouche depuis midi. Tu n'es même pas sortie fumer. Tu es malade ?

Marie ne répond pas. Mia a peur de l'avoir froissée. Charles craint de l'avoir déçue. Bernard se demande s'il a dit ou fait une bêtise. Seule Angélique sait ce qui fait bouder sa mère.

Maximilien dit :

– Dépêchons-nous de manger, dépêchons-nous de boire, la vie entière est une noce.

Marie ne sourit pas.

8
Une journée banale

Angélique part le matin avec Pablo. C'est son tour. Elle le dépose à son école. Charles prend la route du lycée, Bernard celle de son bureau, et Marie s'en va mener sa classe vers le savoir. La journée passe pour tout le monde, offrant à Bernard la satisfaction professionnelle de réaliser un projet, à Charles l'avantage de vivre discrètement l'émotion de quelques baisers clandestins, à Pablo l'ennui d'être un enfant qui possède déjà toutes les aptitudes qu'on acquiert au CP, et à Angélique la consolation de pouvoir se confier à son journal :

Cher cahier rose, je suis arrivée au lycée en me demandant si j'arriverais à y entrer. Je préférais passer ma journée à rêvasser à l'amour et au mariage de Mia, qui se décide vingt ans après sa sœur. Peut-être que c'est sa façon de se différencier de cette vraie jumelle apparemment identique à elle en toute chose, mais qui a toujours tout fait comme il faut, tandis qu'elle-même multipliait les expériences qui ne menaient nulle part, sauf au plaisir du moment, lequel est quand même un but respectable, car les bonheurs provisoires sont aussi des bonheurs. Grand bonheur permanent ou petits bonheurs en série, ça revient au même, non ?

Voilà ! Oublions Arthur, ce garçon issu du même milieu que moi, ayant le même genre de famille et promis au même avenir que moi, un peu mon frère, en somme, sans surprise.

Voilà ! Aujourd'hui, j'ai rencontré le garçon idéal. Dès que je l'ai vu, mon cœur s'est arrêté. Il est grand, blond aux yeux bleus, il a 20 ans et déjà il n'y a plus un centimètre de libre sur sa peau surpeuplée de tatouages. Je l'ai aperçu de l'autre côté de la place Masséna et j'ai eu vite fait de le rejoindre. Mia m'a permis de faire le premier pas. J'ai tenté de lui parler mais j'ai tout de suite bégayé. Il m'a proposé d'aller boire un verre, il m'a dit que ses parents travaillaient et il m'a invitée chez lui. Il m'y a amenée en scooter. J'avais tellement peur que je m'agrippais à sa taille, complètement collée à lui.

Il habite dans un quartier proche de l'aéroport où je ne suis jamais allée. Chez lui, il a sorti une bouteille de whisky et m'a versé un verre que je n'ai pas osé refuser. J'ai vu qu'il avait un piercing sur la langue en plus de ceux du nez, de la lèvre et des oreilles. Un vrai porc-épic. Quand on est passés dans sa chambre, il m'a dit : « Déshabille-toi. »

Prise de court, j'ai obéi. Il exhibait un torse de body-builder, M. Muscles ! Il s'est approché de moi et m'a embrassée. Oui, il faut toujours une première fois, et je peux garantir que nous en apprenons parfois plus en séchant l'école qu'en y allant. Il y avait un vrombissement d'avion toutes les minutes, ça décollait en permanence. Je pensais que c'était mon cœur. Je n'en dirai pas plus, même à toi, cahier rose. Sauf que rien dans ma vie n'a jamais été aussi bon que cette peau contre ma peau. Le sexe est le plus grand mystère.

Quand on est sortis de son appart, il m'a emmenée chez un pote acheter des sachets de poudre blanche. On n'a pas parlé du tout. Je ne sais pas ce qu'il fait ni pourquoi il n'était pas au travail ou à la fac. Il ne m'a rien demandé non plus. Rencontre muette, mais très parlante. Il voulait que je reste avec lui mais l'école allait finir et je voulais rentrer à l'heure habituelle. Je demanderai à Mia de signer mon carnet de correspondance pour mon absence. Elle a la même écriture que maman.

Cette fois, Marie ne boude pas. Elle s'applique à garder bonne contenance, déterminée à approfondir la question du comportement de sa fille, mais c'est délicat car elle est censée ne rien savoir. Et sa fille a l'air tout à fait normale, pas la moindre séquelle de débauche charnelle dans son attitude.

Au goûter, Marie pose la question la plus assommante que puisse poser une mère. Elle l'essaie d'abord sur Pablo, pour s'entraîner. Elle a acheté une tarte aux mirabelles qu'elle découpe avec entrain.

– Qu'est-ce que tu as fait aujourd'hui, mon chou-fleur au chocolat ?

– J'ai fait semblant d'écouter la maîtresse qui a demandé à chacun de lire le même paragraphe. Quand ça a été mon tour, j'ai essayé de le faire aussi mal que les autres.

– Mais pourquoi ? !

– À Rome, il faut faire comme les Romains.

Sous le coup de l'hilarité, Charles et Angélique crachent leurs mirabelles.

– Et toi, mon Charles chérubin ?

– J'ai embrassé ma bien-aimée entre chaque cours.

– C'est interdit ! dit Pablo.

– Est-ce parce que nous t'avons toujours parlé comme à un adulte que tu vires au vieux con ? demande Charles à Pablo.

– L'entourage est contagieux.

– Et toi, mon Angélique, mon ange, ma fille qui tranche sur la grossièreté des garçons ?

– Oh, moi, la routine… rien que la routine. Sauf qu'une bonne femme est venue en classe nous parler de la contraception. Et toi, maman ?

– Je n'ai pas eu le temps de fumer.

– Bonne nouvelle. À part ça ?

– Des soucis. Je n'ai le temps que de me faire du souci.

– À propos de quoi ?

– De tout. De mes enfants, de mon mari, de ma mère, de ma sœur et de ce grand mariage…

– Ça, ce n'est pas un souci, c'est une joie.

– Ils viennent tous dîner samedi soir.

– Tu t'inquiètes du menu ?

– Non. Mia a commandé un couscous pour vingt.

– Alors que nous serons huit !

– Elle veut que chacun de nous invite quelqu'un de son choix.

– Moi, j'invite Angélique et Charles, dit Pablo.

– Nous sommes déjà comptés.

– Alors j'invite ma maîtresse.

– Je ne pense pas que ça puisse se faire, dit Marie. Si tous les enfants invitaient la maîtresse, elle deviendrait folle.

– Elle l'est déjà.

– Tu n'as personne d'autre ?

– Si, Alice.

– Va pour Alice.

– Et toi, Charles ?

– Ce sera une invitée surprise.

– On la verra enfin ! s'exclame Angélique.

– Oui, et je te prie de te montrer civilisée.

– Parce que, d'habitude, je suis une sauvage ?

– Parce qu'on n'est pas toujours maître de ses réactions.

– Tu crois que la vue de cette personne va me rendre méchante ?

– C'est une éventualité.

– J'ai déjà l'eau à la bouche, dit Angélique.

– Et toi, mon ange ?

– Je ne sais pas encore. Moi aussi, ce sera un ou une invité(e) surprise, et j'espère que mon frère aîné se contrôlera. Et toi, maman, qui tu vas inviter ?

– Ma directrice. Elle est veuve et tellement seule.

– Mais tu ne l'aimes pas !

– J'ai pitié d'elle.

– Et mamie ?

– Surprise aussi.

– Et papa ? Pas son patron, j'espère.

– Sa maîtresse, peut-être, blague Marie.

Pendant tout le goûter, Marie fixe sa fille en essayant de détecter sur son visage et dans ses gestes les symptômes d'un changement. L'ambiance faussement joviale se poursuit au dîner, sans Bernard qui a téléphoné qu'il rentrerait tard. Au menu : des pâtes, car c'est Charles qui a préparé le repas. Il est d'excellente humeur. Il reprend des leçons de conduite, et le moniteur lui a certifié qu'il n'aurait plus aucun problème.

Après rangement de la cuisine, Angélique voit que sa mère s'apprête à sortir au jardin fumer autant de cigarettes qu'il faudra pour compenser sa journée sans. Elle l'embrasse et monte faire ses devoirs. Elle essaie d'imaginer l'invitée surprise de son frère et se désole de n'avoir elle-même aucune idée de qui inviter.

Quelle tragédie de ne plus avoir de meilleure amie, de ne pas être capable de se trouver un mec, de vivre par imagination et non pas réellement !

9
Les invités potentiels

Voyant la tenue de sa fille pour aller au lycée, Marie tente de se taire. Sans succès.

– C'est comme ça que tu vas à l'école ?

– Mia dit que je ne suis pas une bonne sœur. J'essaie d'être un peu plus jazzy.

– Si peu !

– Qu'est-ce qui ne va pas dans mon habillement ?

– La jupe est trop courte, le pull est trop petit. L'ensemble fait vulgaire.

– L'habit ne fait pas le moine, émet Charles.

– La vérité sort de la bouche des enfants, récite Angélique.

– Si j'étais une mère répressive, je t'interdirais de te montrer comme ça.

– Mais, maman, tu es une mère parfaite, et tu me dis toujours qu'il faut que je fasse mes expériences.

– Je suis une mère normale, et cette fois je te dis

d'aller te changer. Va mettre ton uniforme habituel, sans nichons ni fesses.

Angélique va se changer, en fille obéissante qu'elle a toujours été. Que sa mère parte tranquille au boulot. Pas besoin de rajouter à son stress.

Angélique fait l'exposé prévu en cours de français. Heureusement qu'elle a obéi à sa mère. Il aurait été difficile de se tenir debout devant la classe avec la contrainte permanente de tirer sur sa jupe et le poids de trente paires d'yeux braquées sur sa poitrine.

Angélique est bonne en tout, et le français est sa matière préférée. Elle doit lire et commenter un livre de son choix. Elle a apporté *L'Attrape-cœurs,* de J. D. Salinger, classique américain des années 1950.

« Plus de soixante millions d'exemplaires vendus à ce jour. Pourquoi ? Ce livre publié en 1951 est l'une des œuvres les plus célèbres du XXe siècle. Mais les chiffres de vente et les dates de publication ne traduisent pas l'émotion que vous procure la lecture d'un livre.

« Les thèmes de celui-ci, qui ont été à l'époque critiqués et carrément censurés, sont le décrochage scolaire, la prostitution, la pédophilie, la dépression, décrits de surcroît en langage familier. Tout ça a choqué le grand public. »

Angélique pourrait en parler pendant des heures, mais là elle n'avait que cinq minutes. En conclusion elle a dit : « Au-delà de toutes les analyses et du bruit qui a été fait autour de ce livre, ce que j'ai aimé, c'est son héros, ce garçon sensible qui sait distinguer la vérité et la dégager de sa bête noire : l'hypocrisie *(phoneyness)*. Les fausses paroles qui l'entourent lui sont insupportables. Et c'est peut-être ce qui nous caractérise, nous les jeunes : nous sommes allergiques à la fausse morale, nous voulons que ce soit le cœur qui parle et non les dieux bidon tels que l'argent. Holden Caulfield nous montre le chemin et nous donne de l'espoir dans son désespoir. »

Arthur poursuit Angélique dans le couloir.

– Ça t'embêterait de me prêter ton livre pour le week-end ? Tu m'as donné envie de le lire.

– Avec plaisir.

– Je te le rendrai lundi.

– Veux-tu venir manger un couscous chez moi samedi soir ?

Elle ne sait pas où elle a pris l'audace de cette invitation à brûle-pourpoint, mais ce n'est quand même pas une déclaration d'amour. C'est sorti comme ça, sans réfléchir.

– J'adore le couscous, ça me ferait plaisir. Tu habites où ?

Angélique écrit son adresse sur la page de garde du livre.

– Dix-neuf heures trente, on sera une vingtaine.

– Je me réjouis d'avance.

Et voilà, simple comme bonjour, quoiqu'un bonjour ne soit pas toujours si simple. Angélique a l'impression que le béton sous ses pieds devient un tapis de mousse, sa tête flotte loin au-dessus du plafond comme un ballon de baudruche.

En plus, c'est mercredi et elle déjeune avec sa grand-mère au restaurant thaï, avant d'aller l'assister dans son travail. Angélique adore ces mercredis après-midi. Mamie, la mère des jumelles, est plombier. Elle a jadis coupé court aux années universitaires pour s'inscrire dans une école professionnelle et passer un CAP de plomberie. Elle s'autoproclame « sauveuse du genre humain », s'activant jour après jour à combattre les fuites, les inondations, les éviers bouchés, les chasses d'eau défaillantes et les tuyaux crevés. Et d'ailleurs, elle gagne bien sa vie. Son mari est mort jeune, d'un cancer, et elle subvient amplement à ses besoins. En quelques années de mercredis, Angélique a appris à souder, à déboucher des canalisations, à changer les robinets, à renouveler le joint en silicone des baignoires.

Mamie aime aussi et pratique la musique. Il lui suffit d'entendre un morceau une fois pour pouvoir le rejouer au piano à la perfection. Elle ne sait pas lire une partition. Elle joue d'oreille, comme elle respire, même si on ne respire pas par l'oreille.

Et, bien que toujours pas retraitée à 69 ans, mamie Albertine fait du bénévolat sauvage, c'est-à-dire non pas dans le cadre d'une quelconque association, mais en allant elle-même à la chasse de ses propres causes humanitaires. Ainsi, elle peut tout à coup partir pour Vintimille porter des sandwichs aux clandestins qui débarquent par milliers sur la côte italienne. Elle ramasse des vêtements et d'autres articles pour les distribuer. Parfois, ses filles l'accompagnent. Albertine aimerait bien adopter une douzaine de clandestins, mais elle ne veut quand même pas faire des choses illégales. Elle ne supporte pas leurs conditions de vie et ne comprend pas pourquoi les gouvernements n'ont pas la bonne idée d'accueillir la terre entière. Elle se doute à peine que ça poserait peut-être quelques problèmes.

Albertine hésite à emmener Angélique et Charles à Vintimille, et d'ailleurs elle pense qu'il leur faut trouver tout seuls leurs propres causes. Angélique enfile sa salopette et elles se rendent chez le premier client dans une riche villa à Cimiez. Piscine, jardin luxuriant, sauna, tout est splendeur, sauf la plomberie. Comme d'habitude, les propriétaires sont étonnés et même un peu méfiants d'avoir à confier leur tuyauterie à une dame âgée aidée d'une adolescente. À des femmes, surtout. Mais dans leur détresse, ils s'adresseraient à n'importe qui. Mamie Albertine est organisée et autoritaire. Elle donne des ordres à Angélique, qui est bien contente de n'avoir qu'à exécuter. Elle ne pense pas poursuivre cette activité plus tard (sauf chez elle et pour son propre compte), mais la plomberie est une façon agréable de passer les mercredis et de vivre sa tendresse pour sa grand-mère. En plus, mamie la paie pour son travail. Aujourd'hui, Angélique mérite bien son salaire. Les clients sont des Amerloques parlant à peine français. Or Albertine a oublié le peu d'anglais qu'elle a appris. Angélique est un renfort linguistique non négligeable.

À la fin de l'après-midi, Angélique demande à sa grand-mère de la déposer au centre-ville.

– Je voudrais m'acheter un T-shirt.

Elle en prend trois : un L pour Charles, une taille six ans pour Pablo et un M pour elle.

Cher cahier rose, je pensais répéter ma journée d'hier, sécher les cours et essayer de retrouver ce M. Muscles dont je ne sais même pas le prénom. Mais j'avais un exposé à faire, et puis j'ai plutôt envie de vivre chaque jour comme il vient. Je n'ai pas pris le tram pour me rendre au lycée, je préférais flâner. Merci Nice, il fait si beau cet automne, comme tous les automnes (les hivers, les printemps aussi d'ailleurs – la seule saison que je déteste ici, c'est l'été moite et surpeuplé).

Sensation de liberté du mercredi, parce qu'une demi-journée seulement de cours. Je marche, je m'assois à un café et je commande un expresso serré. J'aimerais plutôt un chocolat chaud, mais l'expresso fait plus sophistiqué. Je souris à un homme à la table d'à côté. Il me parle en anglais et prend visiblement mon sourire comme une invitation à aller plus loin. Pourquoi pas ? Au moins, je pourrais pratiquer un peu d'anglais.

Il m'invite à aller avec lui à Saint-Tropez. Je ne suis jamais allée à Saint-Tropez. Tant pis pour mon exposé. J'étais absente hier en classe, je ferai de même aujourd'hui. Je suis le type au parking sous le terrain de Nice Étoile. Il m'ouvre la porte de sa Jaguar. Il doit avoir l'âge de mon père, mais il est plus fringant. Il mesure dans les deux mètres et se plie en quatre pour entrer dans cette voiture ridicule. Il a peu de cheveux sur le crâne, des lunettes de soleil de la taille de la lune. Il est en short, ce qui offre le spectacle d'une paire de jambes poilues à souhait.

Le volume de musique pop nous empêche de parler anglais ou n'importe quoi d'autre. Il chante à tue-tête. J'en fais autant quand je connais les paroles. Disons que c'est aussi une sorte de leçon d'anglais. Le voyage est long mais agréable. De temps en temps, il pose sa grande main sur ma petite cuisse. Ça ne me fait ni chaud ni froid.

Il laisse ses clefs au voiturier de l'hôtel Byblos et me demande si je veux voir la chambre. Je ne suis jamais allée dans un hôtel aussi luxueux et, bien sûr, j'aimerais voir la chambre ! Il ne fait qu'y déposer sa valise. Moi, j'inspecte la tuyauterie. J'essaie les robinets, la douche. La baignoire est à jets. La classe.

– On mange un truc et on va à la plage ?

Je suis toujours d'attaque pour manger, mais quand je vois le prix des plats, je perds l'appétit. Comment un hamburger peut-il coûter 44 euros ? Ça n'a pas l'air de troubler mon prince charmant. « Prends ce que tu veux, ne te gêne pas. » Je commande le hamburger le plus cher de ma vie, mais qui n'a absolument rien de transcendant. Nous sommes attablés au bord de la piscine. Des beautés genre starlettes se prélassent en bikini. Je n'ai pas de bikini alors je garde les vêtements hideux que maman m'a forcée à mettre.

Je pose quelques questions à mon vis-à-vis. Son nom est fatalement Bernard, comme mon père. « Everyone calls me Bernie. » *Il est jeune retraité, a fait fortune comme trader et veut voir le monde. Jusqu'à présent, il n'a fait que travailler et maintenant il a envie de s'amuser. Il descend au meilleur hôtel de chaque ville.*

– Mais quel est le plaisir, si vous êtes seul ? Vous n'êtes pas marié ?

– Divorcé, deux enfants. Et puis, je rencontre beaucoup de gens. Comme ce matin une jolie fille sympathique.

– Quel âge ont vos enfants ? (Je savais comme par intuition qu'il avait des enfants de mon âge.)

Le repas s'achève sur une tarte tropézienne, car où en mangerait-on sinon ?

Bernie me demande si je veux aller à la plage. « Je n'ai pas de maillot. – Don't worry ! » *dit-il.*

On débarque sur la plage de Pampelonne et Bernie fait comme les autres baigneurs, il se déshabille de la tête aux pieds. Tous les regards se tournent vers lui parce qu'il est tellement gigantesque. Je copie sur les autres aussi, trop contente de me débarrasser de mes guenilles.

Me voilà en route vers le bronzage intégral. Imaginez la superdose de vitamine D pour mon système auto-immun. Oh, la liberté de ne pas se conformer à la bienséance sociale et vestimentaire ! Le soleil est un aphrodisiaque. Je cours au-devant des vagues non sans observer qu'il y a très peu de beaux corps aux alentours. Vision décomplexante. Et quel plaisir de nager nue !

Mais je panique quand je me rends compte de l'heure. Je rentre tard le mercredi parce que normalement je suis avec mamie. Je l'ai avertie que je prenais mon après-midi, mais si elle téléphone à maman, je suis cuite. Je dis vite au revoir à Bernie en le remerciant.

J'aurai au moins appris une chose : la taille d'un homme ne peut pas faire prévoir celle de son zigouigoui.

Coup de chance, j'aperçois un type qui monte dans sa

voiture. Prise d'audace, je lui demande où il va et il me dit : à Cannes. Il est d'accord pour me déposer à la gare.

Je n'ai pas eu le temps d'acheter un billet, et second coup de chance : pas de contrôleur. Ils contrôlent de moins en moins depuis la récente série d'agressions. Quitte à voyager sans billet, autant le faire en première. Excellent trajet passé à regarder la mer sans penser à rien. Rentrée à l'heure pour le dîner.

10
Le couscous prénuptial

Mia et Maximilien – M & M – apportent d'énormes casseroles qu'ils mettent directement sur le feu. Ils ont commandé le couscous au restaurant Marrakech qui vous demande de fournir les récipients, pour une meilleure impression de « fait maison ». Angélique a mis la table pour seize en comptant les parents de Maximilien que celui-ci veut présenter à la famille. Albertine est venue, sans surprise, avec Georges. C'est Georges qui porte les plateaux de gâteaux tunisiens, petits bijoux pleins d'amandes, de pistaches et de noisettes créés par l'orfèvre de pâtissier arabe. Georges est l'amoureux officiel d'Albertine depuis dix ans, tout le monde l'aime et l'apprécie pour son calme et sa sagesse, et ils ont trouvé la bonne formule : ils ne vivent pas ensemble, ils se voient selon l'envie. Bernard débouche les bouteilles. Alice est là depuis le début de l'après-midi. Pablo et elle ont fabriqué la signalisation du plan de table, avec certains repères sans nom.

C'est Marie qui ouvre à Arthur, dont l'arrivée semble la surprendre. Cela fait des jours que Marie est de plus en plus bizarre – l'air d'une somnambule, ne réussissant plus à dormir, nerveuse et plus tabagique que jamais.

– Qu'est-ce qu'elle a, ta mère ? demande Bernard à Charles.

– Peut-être perturbée par le mariage de sa sœur, ou par des soucis à son travail ? Ou alors c'est le fait de recevoir tant de monde ?

– Elle n'a pas eu à faire la cuisine.

– Encore heureux !

Les parents de Maximilien, son frère et sa belle-sœur s'amènent en bloc. Ce sont des gens petits et ronds, comme leur fils. Si M & M font des enfants, peut-être ceux-ci auront-ils une chance d'être grands grâce à la longiligne Mia, et briseront-ils ainsi la malédiction héréditaire des petits ronds. Non que ce soit un mal d'être petit et rond, surtout quand on est souriant. Mais justement, la belle-sœur sourit trop. Angélique (à l'exemple de Holden Caulfield) la juge tout de suite « fausse de chez fausse ». Le frère de Max, Aurélien, est neurologue, affichant, en tant que tel, une certaine supériorité à l'égard de son frère podologue. Mais peut-être le fait que celui-ci se marie avec une dermatologue le fait-il remonter un peu dans son estime.

Bernard et Georges s'occupent de l'apéro, champagne pour tous, sauf pour Pablo et Alice. Pablo a juste le droit de tremper ses lèvres.

Il manque encore un convive : l'invitée surprise de Charles. Mia n'attend pas son arrivée pour annoncer haut et fort :

– Je suis enceinte ! À mon âge, il ne s'agissait pas de perdre du temps.

L'assemblée jubile, applaudit, entre dans une effervescence digne du contenu des flûtes. Tout le monde embrasse M & M et s'embrasse mutuellement. Joie, effusion, éruption de bonheur. Marie verse des larmes dans les bras de sa sœur.

– Je me sens moins coupable de t'avoir devancée.

– Heureusement, parce que ça a donné ces trois merveilles que sont mes neveux et ma nièce adorée.

– Bonjour les soucis de la maternité !

– Quels soucis ? Tu as des enfants parfaits !

Marie jette une œillade noire à Angélique.

– Hélas ! Ça reste à prouver.

– Je ne suis peut-être pas parfait, mais j'ai au moins l'avantage d'être moi, dit Pablo.

Rires. Contagion de bonne humeur. La sonnette

annonce le dernier invité. Charles court ouvrir et revient au salon flanqué de… Brenda.

Même l'excellence du couscous ne peut racheter l'amertume de cette surprise. Même les gâteaux. Même la future maternité. Même Arthur. Angélique broie du noir.

Elle a failli vomir quand Brenda est venue l'embrasser. Elle s'est retenue, mais Brenda a foncé sur Arthur qui a encaissé trois bisous successifs.

Angélique cracherait volontiers ses pois chiches au visage de la garce, de la traîtresse. Elle tartinerait bien sa face de Jézabel avec de la harissa. Elle la coifferait de son assiette de couscous avec la plus sauvage volupté.

Mais elle se comporte comme la fille modèle qu'elle est. Elle aide à servir, elle prend part à la conversation, elle fait un accueil enthousiaste à la seconde grande nouvelle qu'annonce Mia.

– Vu qu'en mars je ne pourrai plus porter la robe de ma sœur, nous allons avancer le mariage à la Toussaint. Max et moi avons renoncé au grand mariage cucul projeté et nous cherchons maintenant une formule de fête sympathique et originale.

– Halloween ! suggère Pablo. Tu t'habilleras en sorcière et Max en fantôme.

– Comme c'est les vacances, on pensait peut-être

à une minicroisière, avec le capitaine pour nous marier.

– Moi, je passe mon permis à la Toussaint, dit Charles.

– Tu changeras la date, dit Mia.

– Un mariage tous à poil, propose Angélique. (Sa mère éprouve une soudaine envie d'infanticide.)

– Toute idée sera la bienvenue, déclare paisiblement Max.

– Un mariage en chansons, avec tous vos tubes favoris. Je les jouerai au piano, dit Albertine.

– Moi, j'interpréterai *From a Wigwam*, dit Pablo.

– Et dans un théâtre ? Un mariage sur scène ?… propose Brenda.

– Bonne idée. Au théâtre de Nice. Et puis un brunch.

– Et après le mariage civil, de la socca chez Pipo.

– Mais il n'y aura qu'un mariage civil.

– Je ne comprends pas cette quête d'originalité à tout prix, intervient Arthur. On se marie parce qu'on s'aime, non pour faire un spectacle.

– On peut s'aimer d'une façon quand même spectaculaire, dit Angélique. Dans la vie, tout doit être original ! Et là, ce serait aller plus loin dans l'expression de l'amour.

– Et se marier tout nu, ce serait une expression

supérieure de l'amour, ou bien une indécence ? lui demande Arthur, que Marie embrasserait bien, tellement elle le trouve sensé.

– Le mieux, conclut Pablo, c'est que vous nous fassiez la surprise.

– Mais moi je veux être demoiselle d'honneur, dit Angélique.

– Tu le seras à mon mariage, promet Charles.

– Tout dépend d'avec qui tu te maries…

La soirée se passe à se servir et à se resservir du couscous, plat d'abondance et de bonne humeur. Brenda essaie de tirer Angélique à part pour lui parler, mais en vain. Une fois la table débarrassée, la vaisselle rangée dans la machine et le thé à la menthe avalé avec les gâteaux, Angélique quitte les lieux en criant :

– Je raccompagne Arthur !

Charles fait de même avec Brenda.

Cher cahier rose, je n'ai pas raccompagné Arthur. On s'est juste dit bonne nuit froidement et chacun est parti de son côté. Il est vraiment trop plat et trop conventionnel pour moi. Quant à moi, j'ai rattrapé le couple diabolique Charles-Brenda et je l'ai suivi comme un détective privé de film.

Ils font halte dans le jardin Alsace-Lorraine et là, ils passent un long moment à se tripoter du haut en bas. Et moi, dans l'ombre, je les regarde faire. Au bout d'une éternité ils partent et vont s'avaler mutuellement la langue devant chez Brenda. Ça dure encore une éternité, après quoi Charles prend le chemin du retour.

Brenda est sur le point de refermer son portail quand je l'appelle. Elle commet l'erreur de me rejoindre.

N'ayant suivi qu'un seul cours de boxe française, je me contente d'appliquer ma maigre science, mais qui se révèle efficace. Je commence par un coup de pied bas, suivi d'un direct « bras avant ». Sous l'effet de la surprise, Brenda se laisse tomber sur les fesses.

– Arrête ! Tu es folle.

– Folle de rage, oui ! Non contente de me pourrir la vie, tu cherches à gâcher celle des miens. Je pourrais te tuer.

– Mais j'aime ton frère !

– Tu n'aimes que toi-même.

Je lui arrache les cheveux, je la frappe, je la griffe, mes ongles et mes poings sont des armes meurtrières. Elle ne se défend pas.

Je la laisse étendue de tout son long sur le trottoir, tel le débris qu'elle est. Je ne me savais pas capable d'autant de sauvagerie. Mais je suis soulagée et heureuse d'avoir exprimé ma haine. La violence est libératrice.

La maison est dans le noir quand je rentre, tout le monde est au lit. Seule lueur au jardin, le bout rouge de la cigarette allumée qu'est en train de fumer maman. Je lui dis bonne nuit d'une façon qui n'invite pas à la conversation et me mets au lit. Je m'endors du sommeil du juste. J'espère quand même que je n'ai pas définitivement tué mon ex-meilleure amie.

11
Petit déj' et potins

Marie, cheveux dans tous les sens, est la dernière à descendre, peut-être parce qu'elle a été la dernière à se coucher hier soir. Elle entend sa famille en pleine conversation, en bas. Avant de la rejoindre, elle fait un détour par la chambre de sa fille pour lire la dernière page de son journal intime. Sa lecture la plonge dans une angoisse mortelle.

– Tu as pris des nouvelles de Brenda, ce matin ? demande-t-elle à Charles, s'attendant à apprendre qu'un cadavre a été retrouvé à l'aube dans le caniveau.

– Pas encore.

– Veux-tu bien faire son numéro et me la passer ?

– À ton service, maman. (Il passe le téléphone à sa mère qui sort de la cuisine.)

– Oui... bonjour, madame Thillaud... je voulais juste m'assurer que Brenda est bien rentrée hier soir...

– Charles l'a raccompagnée, il ne vous l'a pas dit ? Elle a été ravie de sa soirée chez vous, il paraît que c'était très chaleureux. Mais la voici, je vous la passe.

– Merci, madame Blanc, j'ai passé un très bon moment, confirme Brenda.

– Et tu vas bien, ma chérie ?

– Oui, oui, très bien, merci.

– Bien, alors à la prochaine. Bon dimanche.

« Une fille fantastique, pense Marie. Pas une rapporteuse comme cette chipie de Magali, dans ma classe. »

Bernard a fait des pancakes.

– Juste du café pour moi, dit Marie.

Ça fait des jours qu'elle veut parler à son mari des graves problèmes de leur fille, mais elle a trop honte d'avouer qu'elle lit le journal d'Angélique. Bernard est si droit, si honnête, si bon père, si bon mari. Elle prend sa tasse de café et l'emporte au jardin avec sa cigarette.

– Ta mère a un problème ? demande Bernard. Elle maigrit à vue d'œil, elle est blême, elle fume de plus en plus.

– Demande-le-lui directement, répond Angélique. C'est toi qui partages sa chambre, après tout.

Il regarde sa fille. Elle a raison. Il faut qu'il parle à Marie. Bernard a six ans de plus que sa femme, 46 ans, l'allure jeune, tous ses cheveux (châtains), dents blanches, ni grand ni petit, taille moyenne, l'homme parfait, invisible dans la foule. Pourtant Marie en son temps n'a vu que lui, au marché aux puces, cours Saleya. Ils convoitaient tous les deux le même petit vase en porcelaine qu'elle avait dans les mains. « Je l'aurais offert pour la fête des Mères, avait-il dit, avec quelques roses rouges dedans. » Marie n'avait pas eu le cœur de détrousser une mère. « Allez-y ! moi, je vais acheter ce piano miniature, pour ma mère à moi. » Marie n'a jamais regretté de s'être ainsi sacrifiée. Les parents de Bernard sont morts tous les deux l'année d'après.

Ce jour-là, Bernard l'a invitée boire un café. Elle lui a offert une cigarette, qu'il a refusée, ne fumant pas et ne supportant pas l'odeur du tabac, et s'étant juré de ne jamais s'amouracher d'une fumeuse. Bref, il a épousé peu après Marie, qui n'en était alors qu'à un demi-paquet par jour. Elle lui a promis d'arrêter à leur premier enfant. Elle a respecté sa promesse scrupuleusement, le temps de ses trois grossesses.

– Aujourd'hui je déjeune avec ma mère, dit Marie en rentrant du jardin. Il reste assez de couscous pour vous.

– Je peux venir avec toi ? demande Angélique.

– Non, j'ai à parler à ma mère entre quat' z'yeux.

– Je fermerai les miens.

– Ça fait trop longtemps que je n'ai pas vu ta grand-mère seule à seule.

– Douze heures exactement, depuis hier soir.

– On n'était pas seules ! Quels sont tes projets pour aujourd'hui, Angélique ? Tu sais, j'aime énormément Arthur.

– Il est beau, s'extasie Alice, qui est encore là.

– Je te le laisse. Ce n'est pas mon genre.

– Ton genre, c'est quoi ?

– *Macho man !* Je ne sais pas encore. J'espère rencontrer pas mal de mecs. Qui aurait cru que Maximilien Osterwalder serait le genre de Tía Mia ? On ne peut pas prévoir ces choses.

– Une femme sans mari est un labour sans pluie, énonce Charles.

– Tu retardes, Charlot, dit Angélique. Une femme peut pousser autrement. En faisant ses devoirs, par exemple.

– C'est ce que tu vas faire aujourd'hui ? demande Marie.

– Entre autres. Et lire. Et me reposer.

– Tu me lis une histoire ? quémande Pablo.

– Tu sais lire, maintenant.

– Oui, mais quand c'est toi qui lis, je peux me concentrer sur les personnages.

– D'accord, alors. Mais une seule !

Charles reste coi, il est comme dans un rêve.

– Je vais prendre une douche et me préparer, décide Marie, les laissant dans leur état de parfaite harmonie familiale.

Charles se tourne vers sa sœur :

– Tu pourrais peut-être faire la paix avec Brenda ? Elle ne comprend vraiment pas ton hostilité.

– Elle la comprend très bien, crois-moi, et ma réponse est : JAMAIS !

– Tu es dure.

– C'est toi qui me fais un sale coup.

– L'amour ne se commande pas, dit Charles.

Marie, c'est comme si son monde tombait en miettes. Elle ne fonctionne pratiquement plus. Elle ne s'est même pas coiffée alors qu'elle est d'habitude impeccable.

Sa fille, sa chérie, n'est pas l'être qu'elle croyait. Elle veut que sa mère lui dise comment elle-même était à 15 ans. Lui donnait-elle du souci ? Mais sa mère a d'autres chats à fouetter. Marie la trouve sous son évier, aux prises avec ses propres fuites d'eau.

– Excuse-moi, Marie. Pablo dirait : « Les cordonniers sont les plus mal chaussés. »

– Au moins, toi, tu trouves un artisan le dimanche.

– Passe-moi la pince. Dès que j'ai fini, on va au restaurant.

– Je n'ai pas faim, maman. Si tu veux, je nous fais une salade.

– Tu maigris, ma fille. Qu'est-ce que tu as ?

– Des soucis.

– Bernard te trompe ? Maximilien te déplaît ?

– Non, Bernard est parfait et Maximilien est gentil, serviable, agréable. Mia est heureuse, je ne l'ai jamais vue aussi épanouie.

– Charles ? Pablo ?

– Pourquoi les garçons ? Le problème, c'est Angélique, la mal nommée.

– Personnellement, c'est la dernière personne au monde qui me donnerait du souci ! Une fille adorable, serviable, énergique, entreprenante, qui ne pose jamais le moindre problème. Voilà, j'ai fini. Fuite sous contrôle.

– Maman, nous ne connaissons pas la vraie Angélique.

– Je la connais très bien. Contrairement à ce qu'on dit des adolescents, elle parle très librement avec moi. La conversation ne tarit jamais.

– Elle te parle de ses fréquentations douteuses ?

– Elle m'a parlé de Brenda. C'est un coup dur pour elle, que son frère soit tombé amoureux précisément de son ennemie mortelle.

– Crois-moi, Brenda est une fille remarquable.

– En quoi ?

– Angélique l'a agressée physiquement hier soir dans la rue, la laissant à moitié morte. Brenda n'en a rien dit à ses parents ni à personne.

– Angie, violente ? Jamais de la vie ! Je veux bien croire que tu ne connais pas ta fille !

– T'a-t-elle parlé de ses amours ?

– Oui ! Il était question que son Arthur vienne m'aider pour apprendre la plomberie.

Marie renonce à faire entrer sa mère dans les détails scabreux de l'emploi du temps de sa fille. Mais elle finit par confesser qu'elle lit son journal intime, indiscrétion qui l'a mise en état de choc.

– Je lisais le tien aussi.

– Quoi ? Tu as fait ça, maman ?

– Et alors ? Où est le scandale ? Si une mère ne s'intéresse pas à sa fille, qui va le faire ?

– Mais c'est abject !

– Tu penses ça ? Je l'ai gardé, d'ailleurs, et je le relis de temps à autre. Tu as toujours très bien écrit. Mia n'avait pas ta patience. Son journal était télégraphique. Il se lisait comme un agenda. Le tien est riche, plein de vie.

– Sauf que j'étais affreusement sage, contrairement à Angélique la mal nommée.

Albertine va fouiller dans sa chambre et revient avec un cahier aussi rose que celui d'Angélique. « Je lui ai acheté le même sans m'en rendre compte », pense Marie.

En quittant sa mère, elle marche le long de la promenade des Anglais et remonte par la rue commerçante. Les boutiques sont fermées le dimanche, sauf un grand magasin avec un panneau « ouverture exceptionnelle ». Dans la porte tambour, elle pense apercevoir sa fille Angélique, de dos.

Cher cahier rose, Alice et Pablo faisaient trop de bruit et les devoirs n'ont pas avancé. Je ne suis pas une prima donna des devoirs et j'ai toujours pu travailler avec du bruit, mais là je suppose que je n'en ai pas eu envie. Et puis Brenda est venue se faire expliquer un problème de maths par Charles, et j'avais intérêt à m'absenter.

Arthur a téléphoné et j'ai dit à Pablo de répondre que je n'étais pas là.

Papa est sorti après le second couscous en deux jours. Moi, je pourrais manger du couscous tous les jours. J'ai rangé la cuisine avec mes frères. Pour ça, nous avons été bien élevés. J'ai esquivé la corvée de lire des livres à Pablo et me suis moi-même mise en route.

J'ai déambulé dans la vieille ville, j'ai senti différents savons et j'ai mangé une glace chez Fenocchio. Je pensais en rapporter pour la famille mais je n'avais pas assez d'argent sur moi. J'y ai pensé quand même.

Je léchais lentement ma glace en remontant. Les Galeries étaient ouvertes et je me suis dit que nous nous américanisons, avec ces ouvertures des magasins le dimanche. Mais bof, un peu plus, un peu moins…

Cela m'arrangeait d'ailleurs, non que je veuille acheter quoi que ce soit, mais juste pour toucher de belles robes et chercher une idée de cadeau de mariage. Un grand magasin est un musée, en quelque sorte.

Je suis allée directement au rayon des sous-vêtements. Dans un bac à soldes, j'ai cherché ma taille. C'est galère, les soutiens-gorge. Celui de mes rêves n'avait pas d'antivol. Un bout de tissu de rien du tout peut atteindre des prix astronomiques, même en solde. Je suis allée avec deux ou trois autres dans la cabine d'essayage et j'ai simplement fourré le bon modèle dans mon pantalon.

Je n'ai pas couru vers la sortie, cool Raoul ! J'ai flâné dans le magasin un bon moment.

Le crime parfait. Personne ne m'a suivie dans la rue. Et j'étais l'heureuse propriétaire de ce petit morceau de dentelle que j'avais hâte de mettre. Dommage que je n'aie pas pris le slip assorti. C'était tellement facile.

Je n'ai pas suivi la rue principale, j'ai pris par la rue Blacas pour remonter jusqu'à la maison. À mi-chemin, j'ai vu un couple sortir d'un immeuble cossu, un couple enlacé, bouche contre bouche, et je me suis cachée dans le renfoncement d'une porte cochère. Il ne fallait surtout pas qu'ils me voient, car je connais l'homme, et lui aussi me connaît bien.

C'est mon père.

12
L'accident

Bernard est déterminé à parler à sa femme le soir même, mais elle lui tourne le dos et fuit le débat.

– Quelque chose ne va pas, ma chérie ? Je t'en prie, dis-le-moi.

Pas de réponse. Bernard pense qu'il vaut mieux qu'il la laisse dormir. Elle dort si peu, ces derniers temps.

Le matin, il fait une nouvelle tentative, mais il est évident que sa femme a décidé de le bouder. « Ai-je fait quelque chose qui a pu la fâcher ? » Bernard dresse mentalement la liste des griefs possibles :

Il ne lui a pas dit merci pour les six cent quatre-vingt-douze derniers repas qu'elle a préparés.

Il a oublié (à répétition) le pain qu'elle lui a demandé d'acheter.

Il est rentré tard à peu près six mille fois.

Il n'est pas assez présent pour les enfants.

Il est trop silencieux à table.

Il ne s'intéresse pas suffisamment à son travail à elle.

Il regarde son portable plus souvent qu'il ne la regarde.

Il ne fait ni les courses, ni la cuisine, ni la lessive, ni le repassage, ni le ménage.

Il ne l'apprécie pas à sa juste valeur.

Il laisse traîner ses vêtements par terre.

Il oublie son anniversaire et la Saint-Valentin.

Il n'écoute jamais.

Ça fait une éternité qu'il ne lui a proposé ni voyage ni week-end romantique.

Il cultive en couple une ambiance de ronron-train-train…

Bernard n'a besoin d'aucune aide pour établir sa liste, il est tout à fait conscient de ses torts, bref, il va écrire une lettre à Marie puisqu'elle refuse de lui parler.

Pendant toute la journée, au bureau, il fait dans sa tête le brouillon de sa lettre. Il allonge encore un peu la liste de ses torts, mais en même temps il se demande si Marie a pris la mesure, par exemple, de tout le travail qu'il fournit pour la gestion financière et administrative de la maison. De même, est-ce qu'elle sait la guerre acharnée qu'il livre en permanence aux fourmis, aux cafards et aux autres insectes domestiques ? Il ne se vante peut-être pas assez de sa chasse héroïque aux souris et aux rats, aux mites et aux moustiques. Quant aux économies qu'il fait sur son salaire gagné au prix d'efforts sans nom, il ne les dépense pas pour s'acheter un voilier, vieux rêve qu'il caresse depuis sa jeunesse, mais les met de côté sou par sou pour payer, entre autres, l'université des enfants. Après tout, il n'est pas un si mauvais père.

À six heures du soir, coup de fil au bureau.

– Ici le service des urgences de l'hôpital Saint-Roch. Votre femme a eu un accident de voiture. Nous sommes en train de pratiquer sur elle divers examens.

– J'arrive !

Bernard avertit Mia, mais pas les enfants ni Albertine.

À l'hôpital, il trouve Mia déjà là.

– Il faudrait quand même dire à Charles et à Angélique de nous rejoindre.

Arthur a pris la main d'Angélique en sortant du lycée. Ô bonheur ! ils marchent vers chez lui, qui habite à mi-chemin de chez elle. Arrivé là, il dépose son sac et dit :

– Je t'accompagne.

Chez elle, Angélique se débarrasse à son tour de son sac, lourd de fournitures superflues et de manuels non ouverts, et dit :

– Je te raccompagne.

Ils font ainsi plusieurs allers-retours sans pouvoir se résigner à se quitter, agrippés l'un à l'autre par les mains et de temps en temps par les lèvres.

À la quatrième station devant chez Angélique, ils voient Charles jaillir de la maison en criant :

– Maman a eu un accident ! On va à Saint-Roch. Je ne l'ai pas dit à Pablo. Il dîne chez Alice.

Arthur propose de les accompagner, mais Charles répond qu'il y aura assez de monde comme ça dans la salle d'attente.

– Merci quand même.

Charles et Angélique foncent à l'hôpital. Ils y retrouvent Mia, Albertine et Bernard, qui leur donnent les informations à trois voix :

– Elle a eu un accident de voiture en rentrant de l'école.

– Elle est dans le coma et elle a un poignet cassé.

– Pour l'instant, les médecins réservent leur pronostic.

– On peut la voir ?

– Vous le pouvez, mais ce n'est pas sûr qu'elle sache que vous êtes là.

Quand Angélique aperçoit sa mère les yeux fermés, étendue comme morte, elle éclate en sanglots. Sous ses larmes, les mots sortent en hoquet :

– Je suis désolée, maman. Je sais que c'est de ma faute.

Bernard compte passer la nuit à l'hôpital auprès de sa femme. Il demande aux enfants d'aller chercher Pablo et de rentrer à la maison, et leur promet de les tenir au courant. Mia et Albertine vont rester avec lui un moment, ainsi que Maximilien, qui a fait son apparition.

– Bon, allons chercher Pablo, dit Charles.

– Comment va-t-on passer la nuit ? Et comment va-t-on pouvoir se passer d'elle ?

– Pas de panique, maman va survivre. Elle a reçu un choc à la tête dans la collision, d'où son coma. Curieusement, les deux voitures n'ont rien. Mais pourquoi as-tu dit que c'était ta faute ? Tu n'étais pas sur les lieux.

– J'ai peur de l'avoir dernièrement beaucoup énervée.

– Nous l'énervons tous, c'est notre rôle.

– Je pense lui avoir causé des insomnies. Elle a du mal à ne pas somnoler, depuis quelque temps. Je t'expliquerai, mais pas tout de suite. Allons chez Alice. Qu'est-ce qu'on va dire à Pablo ?

– Que papa et maman passent la soirée ensemble.
– Et qu'est-ce qu'on va manger ?
– On laissera Pablo choisir.

Pablo veut une pizza, qu'ils vont prendre chez Aldo, dans son camion.

Pablo est content, mais la morosité de ses frère et sœur ne lui échappe pas. Il entonne : *« When the moon hits your eye like a big pizza pie, that's amore. »*

À présent Pablo dort et Charles, toujours sérieux, fait ses devoirs. Angélique a hâte de retrouver son cahier rose.

Elle fait sa toilette, pense à Arthur, pense à sa mère, pense à son crime et, pleine de culpabilité, attrape son journal intime.

« C'est curieux, pense-t-elle. Le rose fuchsia a pâli, comme s'il avait honte. Mon cahier s'est racorni et sali. Bien fait pour moi ! »

Elle s'arme de son stylo, prête à attaquer, mais il s'avère que ce cahier sous ses yeux est entièrement rempli d'une écriture qui n'est pas la sienne. Les mots, sur les pages, ne sont pas ses mots, ni ses phrases.

Chère Rosie, ma mère m'a offert ce cahier en me disant : « Tu es muette à table, peut-être seras-tu plus bavarde par écrit. »

C'est une très bonne idée. Si je ne dis rien à table, c'est que les autres parlent trop. Ma sœur, Dieu sait que je l'adore, ne me laisse pas de place dans la conversation. Si elle tenait ce journal intime, il serait plein de sons et de lumières, de gaffes et de bêtises. Moi, je suis simplement… sage. Il faudrait que je m'invente une vie pour être une fille intéressante. Je ne le suis pas.

D'ailleurs, j'aimerais être écrivain pour créer d'autres vies que la mienne. J'aimerais imaginer des personnages, des vilains, des anges, des mégères et des sorcières, et même des meurtriers et des voleurs.

Mais je sais, j'ai toujours su que je veux surtout avoir des enfants. Filles ou garçons, ça m'est égal, quoique non, ce n'est pas vrai, je préférerais une fille. La mère qui a une fille a une amie pour la vie, une complice, une sœur…

Ma sœur ! Qu'est-ce que je serais sans ma jumelle ? Quand elle n'est pas avec moi, c'est comme si je manquais d'oxygène. On est ensemble depuis notre conception. On se comprend d'un regard, on a les mêmes pensées au même moment. On glousse aux mêmes plaisanteries.

On est de vraies jumelles et pourtant, malgré tout, un peu différentes par les rêves et le caractère. Par exemple, elle trouve mon désir de maternité d'une banalité affligeante.

Mais avant d'en arriver là, il me reste fort à faire : finir le lycée, faire des études, recevoir une formation, rencontrer l'amour, trouver un travail, démarrer dans la vie…

Depuis la mort de papa, maman se démène pour

subvenir à nos besoins. Papa nous manque à toutes les trois, mais nous vivons dans la gaieté, le rire, la stimulation. Grâce à maman. Oui, elle pleure en parlant de papa mais elle dit et répète que nous, on est vivantes, et que la vie est un cadeau grandiose, comme une feuille blanche sur laquelle on peut écrire son destin.

Elle travaille comme plombier, va au théâtre et au concert (avec nous), au cinéma, et toujours, en sortant, elle remercie les artistes, les écrivains, les musiciens de nous avoir donné tant de plaisir.

« Dieu ne peut pas être partout à la fois, alors il a créé les mères. »

Angélique lit toute la nuit. De toute façon, elle n'aurait pas réussi à dormir, et quand arrive le matin, elle ressent une sorte de soulagement. Elle ressent surtout une terrible impatience de retourner auprès de sa mère. Pour l'instant, elle commence à mettre la table du petit déjeuner, juste au moment où arrive sa grand-mère apportant des croissants. Albertine n'a pas dû dormir beaucoup non plus. Ses yeux lui mangent la moitié du visage. Ses cheveux gris semblent encore plus gris sans leur brushing ni même le simulacre d'un coup de peigne. Et maintenant Mia les rejoint avec deux baguettes, et elles s'assoient en silence comme des veuves de tragédie grecque. Charles descend ajouter sa part de silence funèbre à ce concert matinal, avant de déclarer :

– Il va falloir qu'on se secoue et qu'on reprenne nos esprits avant que Pablo…

Pablo surgit et demande :

– Avant que Pablo quoi ?

– Avant que tu descendes et qu'on soit obligés de te laisser des croissants.

– Tu peux y aller, je préfère la baguette. Quelle fête, d'avoir mamie et Tía Mia si tôt le matin. Qu'est-ce qui se passe ?

– En l'absence de vos parents, nous sommes chargées de te conduire à l'école.

– Ça tombe bien, dit Pablo, j'ai une idée pour le mariage. Faites ça à Disneyland, je n'y suis jamais allé.

– Excellente idée, mon chéri, mais pas forcément pour le mariage. Max et moi t'y emmènerons avant mon accouchement.

– « Le bonheur veut tout le monde heureux », dit mon ami Victor Hugo.

– Où as-tu pris ça ? demande Angélique.

– C'est la citation de la semaine de la maîtresse. « Le bonheur est une habitude à cultiver », c'était celle de la semaine dernière.

– Ça veut dire quoi ?

– Que même le bonheur est un travail, comme une plate-bande.

– Je crains que tu ne sois le nouveau Bouddha !

– Je suis seulement l'ancien Pablo.

Bernard assiste au départ pour l'école depuis sa voiture garée à une certaine distance de la maison. Il n'a pas le cœur d'affronter les siens sans bonnes nouvelles à leur donner. Marie ne s'est pas réveillée. Il a averti sa mère et sa sœur qui vont le relayer un peu plus tard à l'hôpital, lui-même ayant une réunion importante à son travail. Il se répète : « Ils vont la réanimer, ils vont la réanimer. » Les médecins ne voient guère de raison pour qu'elle reste dans le coma. Et il y a beaucoup de raisons pour qu'elle en sorte : des raisons qui ont pour noms Bernard, Mia, Albertine et surtout Charles, Angélique et Pablo.

13
Conversation avec une morte

Angélique, aussitôt déposée au lycée, rebrousse chemin et court à l'hôpital. Hors de question de pouvoir se concentrer sur le français, l'histoire, les maths ce matin, et encore moins de se montrer sociable, bonjour-comment-ça-va. Elle n'a pas répondu aux SMS d'Arthur.

Elle veut sa maman.

Elle achète en chemin un petit bouquet de coquelicots. Bien qu'elles préfèrent voir cette fleur dans les champs, elles aiment toutes les deux sa couleur et son nom.

Pour l'heure, cette mère gisant sur un lit dans une chambre d'hôpital n'est sans doute pas en mesure d'apprécier les fleurs. Angélique garde son bouquet à la main. Mia et Albertine sont parties pour leur travail respectif et reviendront à midi. Angélique a trois heures pour convaincre sa mère de sortir de son sommeil. Avocate de la vie, elle entame sa plaidoirie :

– Maman, j'ai passé la nuit à lire ton journal. J'ai en quelque sorte fait connaissance de ma mère. Cette lecture m'a poussée aussi à me poser beaucoup de questions, et je me suis rendu compte que notre relation était bien incomplète.

« Pourquoi ne pose-t-on jamais les questions quand il est encore temps de le faire ? Je ne t'ai jamais demandé ce que tu as ressenti à la mort de ton père. Comment c'était, pour vous trois, pendant sa maladie ? Comment était-il, ce grand-père que je n'ai pas connu ? Comment étais-tu à mon âge ? Quels étaient tes rêves ? Quelles étaient tes relations avec ta mère ? Pourquoi as-tu choisi papa comme mari ? D'une manière générale, ce que tu as fait, l'aurais-tu fait autrement si tu avais pu ? Y a-t-il quelque chose que tu aurais toujours voulu me dire ? En quoi te ressemblé-je, en quoi non ? Y a-t-il des questions que tu regrettes de ne pas avoir posées à tes parents ?

« À quel moment t'es-tu rendu compte que tu n'étais plus une enfant ? Une adolescente ? En quoi puis-je t'être utile ? Comment peut-on être la meilleure possible ? Quelle a été ta plus grande bêtise au lycée ? Quel est le détail de nos relations que tu aimerais changer ? Quel est ton objectif pour les dix prochaines années ? Qu'est-ce qui te manque le plus de ton enfance ?

« Comment étaient tes premières règles ? Si on pouvait faire quelque chose de sympa ensemble, qu'est-ce que ce serait ? Quelle était ta vie avant d'avoir des enfants ? Est-ce que tu aimes toujours papa ? Est-ce que tu as jamais pris des drogues ? Quand as-tu commencé à fumer ?

Angélique a encore des questions à poser à sa mère à moitié morte, mais une infirmière lui demande de sortir de la chambre pour qu'elle fasse la toilette de la malade. Dans le couloir, elle voit arriver l'équipe du médecin, alors elle va à la cafétéria mais n'achète rien. Elle n'a ni faim ni soif. Quand elle remonte à la chambre, sa mère a disparu. Le cœur d'Angélique cogne au rythme des raisons lugubres imaginées. La même infirmière l'informe que l'on a conduit sa mère au scanner. Et l'attente pourrait être longue.

Angélique rentre chez elle. N'ayant pas dormi de la nuit, elle tombe sur son lit, ferme les yeux, et s'enfuit dans le sommeil jusqu'au retour de Pablo et de Charles.

Quand elle descend dans la cuisine, elle est horrifiée de voir Brenda en train de servir le goûter, un gâteau qu'elle a fait elle-même. Angélique est trop faible pour résister. Elle s'assoit à la table sans rien dire.

– Brenda est venue dîner avec nous, dit Charles.

– Un « nous » sans moi !

– Je sais que je te dois une explication, dit Brenda.

– Bof ! lâche Angélique faute d'autres mots.

– Il faut que tu lui donnes une chance. On ne peut pas continuer comme ça. Brenda est malheureuse, tu es malheureuse. Tu es d'accord qu'il y a assez de malheur au monde comme ça, dit Charles.

– Tu es d'accord que nous avons d'autres chats à fouetter en ce moment.

– Mais c'est de ma faute si elle ne t'a pas invitée à sa fête, proclame Charles.

– Écoute, Angie. Je suis tombée amoureuse de Charles, mais il ne voulait pas que tu le saches à ce moment-là. Quand on y pense, c'est normal. J'aimais déjà la sœur, c'était facile d'aimer aussi le frère.

– Elle a résisté à mon plaidoyer pour ne pas t'inviter. Mais j'ai insisté. Je ne voulais pas importer mes affaires privées dans la famille. Je n'étais pas prêt.

– Tu aurais pu m'en parler. Ce n'est pas le premier secret que nous partageons. Et tu sais bien que, quand tu me dis de me taire, je peux être discrète.

– Tu as raison, j'ai juste paniqué.

– Et moi, je n'arrivais pas à le raisonner et j'ai souffert aussi.

– Pas autant que moi.

– Est-ce que tu veux vraiment détruire une si belle amitié pour une fête ?

– Pour un cœur brisé, plutôt...

– Je suis sincèrement désolée. Je n'écouterai plus les arguments idiots de ton imbécile de frère.

– Je te demande aussi pardon, Angie, dit Charles.

– Depuis hier on connaît pire. C'est vrai que j'aurais pu te demander des pourquoi et des comment plus tôt, au lieu de porter ma rancœur comme une médaille.

Pablo, qui était sorti jouer au jardin, revient pour voir Angélique et Brenda debout en train de s'embrasser comme des naufragés sauvés des eaux. Face au drame qui arrive dans sa famille, Angélique trouve une réelle consolation dans le fait d'avoir de nouveau une meilleure amie.

– Maman vous invite à dîner chez nous ce soir.

– On mange quoi ? demande Pablo.

– Des hamburgers.

– Ça va, alors. Maman vient aussi ?

– Maman reste un peu plus longtemps en vacances, dit Charles.

– Mais jc la veux ! dit Pablo.

– Et de la glace comme dessert, dit Brenda avant que Pablo fasse un scandale.

Et ça marche !

14
Tout ce que l'on veut dire

Angélique sait dès le départ qu'elle n'ira pas à l'école. Elle veut parler encore avec sa mère. Elle aimerait que ce ne soit pas un monologue. Elle a encore des questions.

Elle reprend sa position à côté du lit de sa mère. On penserait que dans un coma on trouve la paix, mais Marie n'a pas du tout l'air tranquille. La ride méchante sur son front est encore plus profonde.

Angélique reprend son interrogatoire :

– Est-ce que je suis la fille que tu voulais avoir ? Qu'est-ce que tu regrettes le plus de ne pas avoir fait ? Qu'est-ce que tu aimerais que je fasse mieux que toi ? Quelles sont les choses que la maternité t'a empêchée de faire ? Quelles folies as-tu faites ? Sur quoi as-tu changé d'avis ? Toi-même, est-ce que tu as changé ? Qu'est-ce qui manque à ta vie ? Est-elle ce que tu imaginais qu'elle serait ?

« Quel est le plus grand service qu'on t'ait rendu ? Qu'est-ce qui te fâche le plus ? De quoi t'indignes-tu ? Quelle a été ta plus grande déception ? Si tu pouvais sortir cinq minutes de ton coma, qu'est-ce que tu dirais à tes enfants ? Qu'est-ce qui te donne le plus de joie ? Est-ce que tu es heureuse, maman ?

« Maman, je regrette ce que j'ai fait. Maman, je suis triste et désolée et coupable et je veux mourir. Maman, réveille-toi !

Angélique a l'impression que sa mère a bougé, mais rien de bien sensible.

– Maman, je t'aime. Tu es la mère que nous adorons. Et puis, nous nous adorons tous, ce qui est une fabuleuse réussite pour une mère. Pablo a dit ce matin : « Le bonheur est une habitude à cultiver. » Cet enfant, j'avoue que je n'étais pas contente d'ajouter une personne dans notre intimité à quatre, mais comment est-ce possible ? Charles est un garçon intelligent, sérieux et serviable. Tu sais, maman, j'ai fait la paix avec Brenda. On a même mangé chez elle hier soir.

« Moi, tu sais, je suis sage, mais Pablo est exceptionnel !

Et là, comme par miracle – mais non, C'EST un miracle ! –, Marie ouvre les yeux.

Et la bouche :

– SAGE ? TOI ? Tu es un monstre, oui ! En une semaine, tu as commis plus d'horreurs que n'importe qui dans une vie entière !

Angélique se précipite, couvre de baisers le visage et les mains de sa mère – de tout petits baisers précautionneux, pour ne pas lui faire mal.

– Oh, maman ! Tu es réveillée ! Il faut que j'appelle papa et Charles, et les autres !

– Où suis-je ?

– À l'hôpital. Tu as eu un accident de voiture.

Marie voit le plâtre sur son poignet. Elle demande ce qui s'est passé, Angélique le lui explique brièvement.

– Et toi, tu sèches le lycée ?

– Une mère est plus importante que les cours de maths.

– Ce n'est pas la première fois que tu les manques, observe Marie, amère.

– Mais si, maman, c'est la première fois. Je te jure.

– Ne me raconte d'histoires. J'ai lu ton journal intime.

– Si tu crois que je ne m'en suis pas aperçue ! Tu laisses tomber tes maudites cendres entre les pages. Quelle trahison ! J'étais furieuse, mais maintenant je suis tellement contente que tu sois vivante que je ne t'en veux plus.

– Ma mère aussi lisait mon journal.

– Ça te faisait plaisir ?

– Je l'ignorais. Elle vient seulement de me le dire.

– Moi, je savais que tu lisais le mien et je trouvais ça indigne d'une mère intelligente. Espionner sa fille !

– C'est que… qui mieux qu'une mère pourrait s'intéresser à ce qui concerne sa fille ?

– Je n'ai jamais refusé de répondre à tes questions !

Angélique ne veut pas brusquer sa mère qui se réveille à peine. Elle ne dit pas les mots qu'elle a sur le cœur : « Te glisser ainsi dans ma vie, par effraction, je trouve ça mesquin. C'est de la tromperie, c'est un coup bas. C'est tout ce que nous aimons : l'hypocrisie, le mensonge, la lâcheté, la fourberie, la déloyauté, n'est-ce pas, maman ? » Elle lâche quand même :

– C'est du viol !

– Tu en as, un vocabulaire ! C'est surtout de l'amour. Tu es mon grand amour. Je ne lirais pas le journal de quelqu'un que je n'aimerais pas.

– Curiosité malsaine. Comment as-tu pu ? Quelle déception pour moi, qui pensais avoir des parents protecteurs et voulant mon bien.

– On fait du mieux qu'on peut.

– Lire mon journal en cachette, c'est le mieux que tu peux ?

– C'était un moyen de te connaître. J'ai appris des choses.

– Tu n'as rien appris du tout. Tout y est faux. Une fiction totale.

– Quoi, une fiction ?

– Quand j'ai vu que tu lisais mon journal, je me suis inventé une vie de débauche, rien que pour toi.

– Mais où as-tu été chercher des aventures aussi glauques ? Comment as-tu pu me torturer ainsi ?

– J'attendais que tu réagisses. Ton silence a frisé la non-assistance à personne en danger.

– J'avais trop honte. Je ne savais pas à qui me confier.

– Pourquoi pas à moi ?

– Comment aurais-je pu me faire pardonner ?

– En t'arrêtant de fumer ! (L'idée est venue à Angélique comme un déclic.)

– Hélas, l'accoutumance à la cigarette est une tare qui ne s'efface pas sur commande.

– Fais-toi aider, maman. Aie un peu de respect pour ta vie. Tu ne nous dois pas des lectures indiscrètes ni un espionnage sournois, tu nous dois de rester en vie et en bonne santé.

– C'est vrai que j'ai voulu mourir en lisant ton journal.

– Et tu aurais choisi la mort plutôt que de faire face pour m'aider à m'en sortir ?

– Tout le monde n'est pas un héros.

– On est condamné à l'être, maman. Le courage est un devoir.

– Quand mon père était malade, il détestait qu'on lui dise : « Courage ! » Il répondait amèrement : « Comme si on avait le choix ! » Tu es sa digne petite-fille.

– Le bonheur est une habitude à cultiver, dixit Pablo.

– Ça va aller mieux, maintenant. Je te le promets.

Albertine et Bernard arrivent sur ces entrefaites.

– Je suis désolée de vous avoir causé tant de souci. Pardonne-moi, Bernard chéri, d'avoir boudé, ces derniers jours.

Mia et Charles font leur entrée à leur tour, et le bonheur des retrouvailles se répand dans ce cadre hospitalier comme une soupe chaude sur la banquise. On ne peut pas acheter le moindre morceau de bonheur, mais on peut se payer une miette de joie. Mia se charge d'aller chercher un déjeuner digne de l'occasion. Marie a proclamé qu'elle avait faim.

– Comment t'es-tu réveillée ? demande Albertine.

– Ma fille a dit une énormité et j'ai bondi.

– Bravo, Angie !

– Quelle énormité, au juste ?

– J'ai dit que j'étais sage.

– Tu ne l'es pas ? s'informe Bernard.

C'est Marie maintenant qui fait sa confession publique et livre tous les détails de l'affaire. Elle raconte comment Angélique l'a rendue folle d'inquiétude en s'inventant une vie dépravée dans son journal intime.

– Tu as fait ça, Angie ? demande Bernard. Et c'est pour ça que tu étais dans un tel état de dépression, Marie ?

– Tu as lu son journal ? ? ? s'écrie Charles. Et le mien ?

– Parce que tu as un journal ? ? ? s'étonne Marie.

– Tu ne le trouveras pas, maman. Laisse tomber !

– Ma fille, tu me déçois, gronde Albertine.

– Mais, maman, tu me l'as avoué toi-même, tu as lu mon journal à moi.

– C'était différent.

– Comment ça ?

– Tu ne parlais jamais, c'était le seul moyen d'entrer en contact avec toi.

– Je parlais à Mia.

– Me revoici, claironne Mia, en posant où elle peut les sacs du déjeuner et en tendant une bouteille de champagne à Bernard. Une résurrection, ça s'arrose !

15
Confessions prolongées

Angélique reste après le départ de tout le monde, moment précieux d'intimité avec sa mère.

– Tu as quoi, cet après-midi ?

– Éducation physique. Mieux vaudrait de l'éducation maternelle.

– Dis-moi, tu comptais continuer ton journal encore combien de temps sur le mode «Angélique diabolique» ?

– Aussi longtemps qu'il aurait fallu.

– Tu avais d'autres idées ?

– Plein.

– Par exemple ?

– Un test de grossesse.

– Positif ou négatif?

– Tu as peur d'avoir à jouer les jeunes grands-mères ?

– D'où te viennent ces idées sataniques ?

– D'un peu partout. Des films, de la télé, des journaux… La matière première ne manque pas.

– Et quoi encore ?

– J'étais sur le point de coucher avec mon prof de chimie, qui aimerait bien me faire redoubler. Je lui faisais du chantage : mon silence contre des bonnes notes. J'allais sombrer dans la boulimie, me goinfrer de chips et de glaces. Je me préparais aussi à racketter Brenda, à me soûler à la bière et à la vodka avec ma bande de voyous. J'allais peut-être te piquer ta bagnole.

– Tu m'en vois ahurie.

– Toi qui voulais que j'écrive…

– À propos, bravo. Tu écris bien. Tu ne fais même plus de fautes d'orthographe. Je t'avoue que j'étais même impatiente de lire la suite ! Sauf que, Angie, pour la première fois, j'ai souhaité mourir… J'ai pensé avoir complètement échoué dans tout ce que j'ai toujours voulu pour toi.

– Qu'est-ce que tu veux pour moi ?

– Une vie saine, du bonheur. Ton épanouissement. Et toi, que veux-tu pour toi-même ?

– Te plaire. Avoir de bonnes notes et te les apporter comme des trophées. Te paraître « normale » et de bonne humeur. Mais ce journal intime m'a donné d'autres envies et je t'en remercie.

– Quelles envies ? Te révolter ? Faire la fameuse crise d'adolescence ?

– Non. J'ai pris plaisir à m'inventer une vie autre que la mienne et ça m'a donné envie de continuer à écrire. Et puis, je voudrais surtout être moi-même.

– Ça, ma fille, ce n'est pas exactement un métier. Moi aussi, je voulais être moi-même… Mais je me suis mariée jeune, j'avais besoin de travailler, de gagner un salaire, et j'ai eu trois enfants… Enfin, me voici à nouveau vivante et maintenant, chaque fois que j'aurai envie d'une cigarette, je vais plutôt écrire.

– Et moi, je vais continuer mon journal intime dans un cahier bleu qui sera bien caché, tu peux me croire. En attendant, il faut que j'aille chercher Pablo.

– Ils me gardent encore cette nuit. Tu t'occupes des garçons ?

– Compte sur moi.

Angélique, responsable, sage, fille modèle, sœur exemplaire, tient Pablo par la main et le ramène à la maison. Ils prennent le goûter avec Charles, dans un climat de grand soulagement. Les nuages se sont dissipés, le bonheur familial règne, palpable. Mais il faut encore dire à Pablo ce qui s'est passé pour de vrai.

– Tu sais, en réalité, maman et papa ne sont pas partis en voyage, dit Angélique.

– Tu penses peut-être que je vous ai crus ? Ils n'auraient pas pris deux voitures.

– Maman a eu un petit accident…

– Ne me dites pas qu'elle est au ciel, crie Pablo, à qui les larmes viennent aux yeux.

– Non, rassure-toi. Elle va bien ! Elle est à l'hôpital.

– Je veux la voir !

– On y va.

– Mais d'abord, on se fait beau. Je vous ai acheté des T-shirts. Je vais les chercher.

– Rouges ?

– C'est pour mieux te voir, mon enfant.

– Comme le Petit Chaperon rouge !

– On les enfile et on se dépêche avant la fin des visites.

– Elle est blessée, maman ?

– Juste un poignet cassé.

– Gauche ou droit ?

– Droit.

– Elle ne va plus pouvoir fumer !

Pablo lit le mot écrit sur le T-shirt. Il comprend et sourit.

Sa mère fait la même chose quand elle voit entrer ses trois Chaperons. « Pourquoi ce mot ? » demande-t-elle.

Pablo lit la feuille qu'Angie lui a donnée :

« Ce serait une bonne idée de l'imprimer sur nos T-shirts
Sur des banderoles, encadré au pied du lit
Et même en tatouage à n'importe quel prix
Un mot puissant toujours en alerte
Toujours prêt au service, toujours au bout de la langue
Un petit soleil de mot, un des premiers
Tant aimé, tant exploité, tant apprécié
Mais jamais usé ou exsangue
C'est un cadeau contre des cadeaux
Le mot magique par excellence
Tellement bien d'en avoir conscience
Deux syllabes et le monde est beau
Merci ! »

Marie a les yeux mouillés.
– Que serait-on sans ce mot ?
– Des gorilles, dit Pablo.
– Des orphelins, dit Angélique.
– J'ai consulté le *Dictionnaire historique de la langue française* avant de mettre le T-shirt, déclare Charles. L'emploi de *merci* comme interjection pour exprimer un sentiment de gratitude apparaît dès le XIIe siècle. Mais c'est seulement en 1897 qu'on l'utilise comme formule de politesse.

– Merci pour ces précisions, fils très savant.

– Ce n'est pas moi le savant, c'est le dictionnaire.

– Merci, maman, d'avoir eu un troisième enfant, dit Angélique.

– Merci, maman, pour cette famille, et de me payer l'auto-école.

– Merci, maman, d'avoir eu cet accident. C'est la première fois que je vois un hôpital.

Bernard arrive, échevelé et heureux d'avoir de quoi l'être, il sort son téléphone pour faire une photo de ses enfants rouges autour de leur mère blanche.

Une infirmière vient les informer que les visites sont terminées. Angélique laisse un autre cadeau à sa mère : un cahier blanc. Et puis un cahier vert :

– Ça, c'est celui que j'ai écrit en parallèle à l'autre, et racontant ma vraie vie. Puisque tu es à l'hôpital à t'ennuyer toute seule, je t'autorise à le lire.

16
Marions-nous

« Qu'est-ce qu'on va bien pouvoir se mettre ? » se demandaient tous les membres de la famille, à court d'idées. Et voilà que Mia a fait livrer la veille une tenue de mariage pour chacun d'eux. Cinq paires de jeans et cinq chemises jaune fluo imprimées de deux noms : Mia et Maximilien. L'invitation est aussi simple : « Rendez-vous à la plage Beau Rivage à onze heures. »

Marie se débrouille plutôt bien avec son plâtre. Elle n'a pas fumé depuis son accident. À la place, elle couvre les pages de son cahier blanc, de la main gauche. Elle devient de plus en plus ambidextre.

Les jeans auraient été des robes féeriques en taffetas et en dentelle, des smokings avec nœuds papillon, les Blanc n'auraient pas été plus heureux. C'est plus commode pour se rendre en tram au mariage mystère.

– Ça va être un pique-nique, je le sens, dit Pablo.

– Ma sœur a peut-être enfin opté pour la simplicité.

– N'importe comment, à la fin de la journée, elle sera Mme Osterwalder, dit Bernard.

– Quatre syllabes pour une seule épouse, remarque Charles.

– Attendons de voir, dit Angélique. Assez discuté, assez pronostiqué, des actes !

Mia est à la plage, vêtue d'un jean blanc, avec Maximilien, également en blanc. Les deux groupes se saluent. Albertine les rejoint avec Georges.

Ils voient les pédalos alignés sur la plage. Ils voient le photographe. Chacun a droit à un paquet surprise avec l'instruction formelle de ne pas l'ouvrir pour l'instant.

– Bon, dit Maximilien, vous prenez place dans les pédalos, Pablo vient avec nous. Vous voyez ? PODOLO pour honorer mon métier de podologue. PEAUDALO pour honorer celui de Mia, dermatologue. On va pédaler jusqu'au bateau que vous voyez là-bas au loin.

Les invités obtempèrent et montent comme les futurs mariés dans leurs embarcations respectives, dans l'excitation et l'hilarité générale. Personne ne s'attendait à ça.

Et personne ne s'attendait à l'orage, à mi-chemin du rivage et du navire. Ils arrivent trempés et épuisés, n'osant songer à un éventuel retour.

Une fois à bord du luxueux yacht loué pour la journée, ils reçoivent d'autres instructions : ouvrir les paquets et aller dans leurs cabines se changer. Pour tous, des chemises sèches et habillées, de toutes les couleurs. La pluie était-elle prévue au programme ?

Ils ont droit à une boisson fraîche pour se remettre de leurs efforts, après quoi ils suivent les mariés jusque devant le capitaine, pour la cérémonie. Là, pas de surprise : les deux mariés se disent oui. Pablo leur tend leurs alliances, pénétré de l'importance de son rôle.

Le déjeuner est élégant et informel. Délicieux ! Tout le monde fait un discours (spontané, Dieu merci, on ne lit pas de papiers) pour exprimer sa joie.

Mia parle en dernier. Elle ne prononce qu'une phrase, attendrie, les yeux fixés sur sa sœur, les mains sur le ventre :

– Eh bien… c'est des jumelles.